KB197024

세계 명언집 ⑤

세계 명언집

5 영원한 행복

초판 1쇄 인쇄 | 2025년 2월 15일
초판 1쇄 발행 | 2025년 2월 20일
편찬 | 좋은말연구회
펴낸곳 | 태을출판사
펴낸이 | 최원준
디자인 | 윤영화
등록번호 | 제1973.1.10(제4-10호)
주소 | 서울시 중구 동화동 제 52-107호(동아빌딩 내)
전화 | 02-2237-5577 팩스 | 02-2233-6166
ISBN 978-89-493-0684-1 03890

5 영원한 행복

세계 명언집

좋은말연구회 편찬

태을출판사

로맹 롤랑
(Romain Rolland,
1866년 ~ 1944년)
프랑스의 작가, 수필가,
소설가, 음악가

막심 고리키
(Maxim Gorky, 1868~ 1936)
러시아의 소설가, 저널리스트

알렉산드르 푸시킨
(Aleksandr Pushkin, 1799년~1837년)
러시아의 시인, 소설가, 극작가

표도르 도스토옙스키
(Fyodor Mikhaylovich Dostoevsky,
1821~1881)
러시아의 소설가

랠프 월도 에머슨
(Ralph Waldo Emerson,
1803~1882)
미국의 시인, 수필가

장자크 루소
(Jean-Jacques Rousseau,
1712~1778)
프랑스의 계몽 사상가

빅토르 마리 위고
(Victor-Marie Hugo,
1802~1885)
프랑스의 소설가,
극작가, 시인

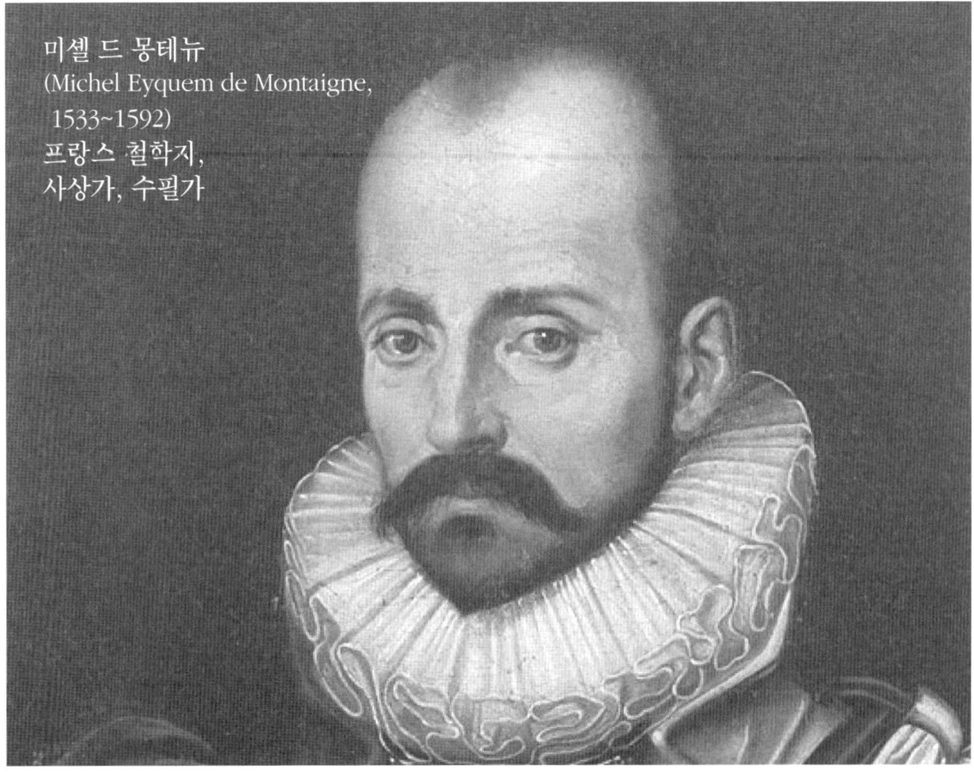

미셸 드 몽테뉴
(Michel Eyquem de Montaigne,
1533~1592)
프랑스 철학자,
사상가, 수필가

아르투어 쇼펜하우어
(Arthur Schopenhauer,
1788~1860)
독일의 철학자, 사상가

바뤼흐 스피노자
(Baruch Spinoza, 1632~1677)
네덜란드의 철학자

오귀스트 로댕
(Auguste Rodin 1840~1917)
프랑스의 조각가

들어가며

젊음과 보람을 위하여

당신은 지금 삶을 즐기고 있습니까? 당신은 지금 삶의 풍요로움 속에서 행복을 누리고 있다고 생각하십니까?

당신은 지금 삶의 괴로움 속에서 허덕이고 있습니까? 당신은, 삶이란 고통, 바로 그 자체라고 생각하십니까?

당신이 행복 속에서 삶을 만끽하고 있든, 아니면 당신이 삶의 고통을 뼈저리게 경험하고 있든, 그것은 모두 당신의 책임입니다.

당신의 인생은 당신 자신의 것입니다. 당신의 인생이란 배에 닻을 올리고 노를 젓는 뱃사공은 바로 당신 자신입니다.

당신이 태평양으로 향하든 대서양으로 향하든, 그것은 당신의 자유의지에 달린 문제입니다.

당신이 지금 이 순간 '삶이란 괴로운 것'이라고 말한다면, 그 책임은 당신 자신이 져야만 합니다. 당신은 당신의 인생에 대한 항해를 올바로, 성실히 이끌어가지 못했기 때문입니다.

인간인이상 누구에게나, 자신의 '운명의 배'를 이끌어갈 책임과 의무가 지워져 있습니다. 어떻게, 어떤 곳을 향해서 노를 젓느냐가 문제일 뿐입니다.

당신이 젊음과 보람을 충분히 만끽하기를 바란다면 무엇보다도 당신 스스로에게 충실한 사람이 되어야 할 것입니다.

당신의 의지가 나약해질 때, 용기를 북돋아 주고 격려해 줄 수 있는 지혜의 언어들을 이곳에 모아 봅니다. 희망에 찬 당신의 인생에 보람과 위안이 되기를 두 손 모아 소망합니다.

좋은말 연구회

차례

part 1

여자(女子)에 대하여

Analects of the World

말 없는 보석이 살아 있는 남자의 말보다 여자의 마음을 움직인다.
셰익스피어

암소는 앞쪽을 조심하고, 당나귀는 뒤쪽을 조심하고, 여자는 사방을 조심하라.
이탈리아 격언

꾀를 부리는 것은 확실히 여자의 특성이다.
아이스큐로스

여자의 가장 큰 즐거움은 남자의 기만을 폭로하는 것이고, 남자의 가장 큰 즐거움은 여자를 즐겁게 해 주는 것이다.
버나드 쇼

여자가 옷을 입는 것은 옷을 벗기 위해서다.

G•무어

바람 속의 깃털처럼 변하기 쉬운 것이 여자의 마음이다.

베르디

여인이 사랑하거나 증오할 때는 무슨 짓이든 감행한다.
성 제롬

여성은 신부 의상을 착용하기까지는 충고를 받아들이지 않는다.
에디슨

과거를 가진 여자는 미래가 없다.
와일드

이지적인 여자는 언제나 바보와 결혼한다.
A・프랑스

여자에게는 하늘이 베풀어 주신 세 가지 큰 힘이 있다.
첫째는 미모로 남자를 사로 잡는 것, 둘째는 아내의 자리를 차지하는 것, 셋째는 듬직하게 어머니의 자리에 앉는다는 것이다. 뛰어난 여자는, 이 세 가지의 힘을 하나로 합쳐서 남자를 마음에서부터 손발까지 꽁꽁 묶어 버린다.
대망경세어록

때때로 여인의 애정과 독점욕은 사나이를 꼼짝달싹 할 수 없는 이상한 지경으로 몰아 넣는 일이 비일비재했다.
대망경세어록

여자는, 그녀 자신의 매력 이외의
모든 것은 남을 흉내낸 것이다.
피체랄드

불행을 당했을 때, 되도록 무엇이건 자유롭게 얘기하도록 내버려 두는 것이 꼭 필요한 그런 종류의 인간이 있다. 특히 그것은 여성들에게 많다.
도스토예프스키

사실 우리는 여성의 실상*(實相)을 모르는 것이 아니다. 사랑이라는 정욕으로 말미암아 자기 기만을 끊임없이 행하고 있을 뿐이다.
법구경

기쁨을 원하는 여자는 겸손해야 하고, 사랑을 원하는 여자는 고통을 견뎌야 한다.
M•프라이어

여성들을 어떻게 매혹시킬 수 있을까를 알게 되면,
여성들을 어떻게 증오할 것인가도 알게 된다.
니이체

* 실상(實相):있는 그대로의 참 모습

여자는 원할 때 웃고, 원할 때 우는 것이 가능하다.
G. 허버트

고결한 남자는 여인의 외모보다,
여인의 부드러운 말에 훨씬 더 이끌린다.
괴테

옷을 벗는 여자의 눈부심은, 구름을 헤치고 빛나는 태양과 같은 것이다.
로뎅

여자의 육체는 굳게 지켜진 비밀이며 그녀의 역사이다.
샤르돈느

여성은 인류 최초의 교사이다.
헷베르

침묵과 겸손은 여성에게 있어서 최고의 장식품이다.
유피리데스

진실된 여성은 동정심이 많다. 그러나 정의, 성실에서는 남자를 따르지 못한다. 여성의 커다란 결점은 공정성의 결여에 있다.
쇼펜하우어

여자의 집념의 불길은 남자의 야심과 같이 그렇게 쉽사리 사라지지 않는다.

대망경세어록

여성은 충분한 능력이 인정된 '조수(助手)'가 되지 않으면 안됩니다.

힐티

남들이 뭐라고 말하건 여자의 최대 야심은 사랑을 얻는 것이라고 믿고 있다.

몰리에르

기쁠 때나 절망을 느낄 때나 사랑이 무엇인가를 알고 있는 것은 여자 뿐이다. 남자에게 있어서 사랑이란 일부요, 공상이요, 거만이요, 탐욕(貪慾)이다.

카알 임세르만

여자는 사랑받도록 태어 났고, 이해받도록 태어 나지 않았다.

와일드

여자의 눈물을 믿지 말라. 마음대로 되지 않을 때에 우는 것은 여자의 천성(天性)이기 때문이다.
소크라테스

만약 이 세상에 여자가 없었다면, 남자는 매우 사납고 거칠며 고독 했을 것이다.
샤또브리앙

여자와 맞서는 무기는 동정이며,
여자와 맞서는 최후의 방법은 잊는 것이다.
존 바리모어

아름다움의 극치는 한 여자에게만 있는 것이 아니다. 모든 여자에게 있다. 여자들은 그것을 알지 못하고 있지만, 마치 과일이 익는 것과 같이 모두가 그 아름다움에 도달하는 것이다.
로뎅

여자! 이 살아 있는 수수께끼를 풀기 위해서는 여자를 사랑해야만 한다.
아미엘

여자는 천사이지만, 결혼을 하면 악마가 된다.
바이런

가장 행복한 여자는, 역사를 지니고 있지 않다.
G·엘리어트

여성의 상징은 순결이요, 남성의 상징은 진실이다.
J·C·헤어와

여자의 정절은 양파와 같이 겹겹이 입은 옷 속에 존재한다.
N·호돈

여자는 어디까지가 천사이고, 어디까지가 악마인지 알 수가 없다.
하이네

관대한 성품의 여성은 애인을 위해서라면 천 번이라도 자기 목숨을 바친다. 그러나, 덕이 없는 여성은, 문을 열고 닫는 단순한 일에 있어서라도 자존심을 다치게 하는 말다툼이 일어난다면, 그 여성은 애인과 영원히 절교해 버린다. 이런 점에서 그 여성의 진면목이 나타난다.
스탕달

여자를 미워하는 남자는
다른 사람 이상으로 여자를 사랑하는 사람이다.
법구경

여자는 수수께끼다. 이것은 언제나 해결될 수 없는 수수께끼다. 이것은 해결될 수 있는 것이 아무것도 없기 때문에…… 여자여! 당신은 당신 자신을 뒤돌아보아 스스로 이상하지 않습니까?
법구경

여자는 일부주의(一夫主義)다. 절대로 한 남자 이상을 원하지 않는다.
모옴

여자의 정조는 빵집 도마와 달라서 흠이 지면 질수록 값이 떨어진다.
르나르

남자들의 차이는 기껏해야 하늘과 땅 정도의 차이지지만, 극악한 여자와 최선의 여자와의 차이는 천국과 지옥의 차이이다.
테니슨

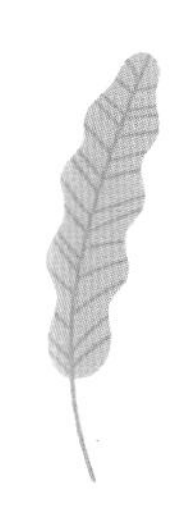

여자들은 임신 중에 품고 있던 변덕스러운 욕망이나 병적인 취미를 언제나 마음 속에 지니고 있기 때문에 여자들이 선택하는 것은 어떠한 경우에는 부정하고 황당무계하다.
몽테뉴

어떤 상황이 필요한 경우에 여자는 남자 못지 않게 교묘한 논리(論理)를 구상한다.
스탕달

여자의 마음은 남자의 마음보다 더 맑다. 다만 남자보다도 더 잘 변할 뿐이다.
하아포오드

여자는 심심풀이로라도 남자의 사랑에 보답할 기분이 나지 않는 한, 자기를 사랑한다고 하는 남자를 경멸하는 법이다.
스토우다아트

여자에 의해서 행해 지지 않은 큰 죄악이 있었을까?

오트웨이

여성을 예쁘게 창조하는 것은 신(神)이다.

빅토르 위고

여자는 백 명의 남자에게 속았다 할지라도,

백 한 명째의 남자를 사랑할 것이다.

킹켈

여자는 왜 그렇게도 자기를 희생하고 싶어 하는 것일까? 늘 누군가에게 자기를 희생하지 않고는 견디지 못한다. 언제나 무엇인가를 열렬히 사랑하고 누군가를 피곤하지 않게 뒷바라지 하는, 이러한 일을 하지 않고는 견딜 수가 없다.

로즈 마코리

여자는 늘 유혹에 저항할 준비를 하고 있지만, 그것은 그렇게 몸가짐을 가지도록 훈련받아온 것에 불과하다. 여자는 아무런 저항도 느끼지 않을 때에 넘어져 덫에 빠진 꼴이 되어 버린다.

뮐러

세상에는 특별하게 음란한 여자라든가 또는 뛰어나게 정조가 굳은 여자가 따로 있는 게 아니오. 계집은 어디까지나 계집이고 사나이는 어디까지나 사나이라오. 여자는 주위의 공기, 처해있는 입장, 정해진 사나이에게 불만이 있느냐 없느냐에 따라서 곧 탈선해 가는 것이오.

대망경세어록

'비밀', 그것이 어떠한 것이라도 여성에게는 무거운 짐이다. 누군가에게 털어 놓지 않을 수 없다.

푸시킨

자신의 얼굴을 숨기는 여자는,

아주 추녀이든가 아니면 아주 미인이다.

와일드

부(富)를 소유하고도 여전히 건전한 심정(心情)을 지닐 수 있는 여성은,
백만장자가 천재성을 가지고 태어나는 것과 마찬가지로 하나의 기적이다.

로맹 롤랑

여자란 슬픈 것! 하지만 여자는 굳세다. 여자란 한결같이 아름다운 것을 찾아 걸어갈 수가 있는 것이다.

대망경세어록

여자란 남자의 눈이 빛나고 있는 한, 어느 곳의 누구와도 불장난을 한다.

와일드

여인들 불행의 태반은 상대방의 마음을 독차지하려는 치우친 애정의 강렬함에 있다.
대망경세어록

만일 이 세상에 이러한 물건(여성)이 둘만 있었다면, 이 세상에 성도(成道)할 사람은 없었을 것이다.
불타

여자는 환락의 도구이며, 여자의 육체는 향락의 재료에 지나지 않는 것입니다. 여자 쪽에서도 또한 이것을 잘 알고 있습니다. 이래가지고는 완전히 노예제도와 다를 바 없습니다.
톨스토이

변덕스러운 여자란, 지금의 남자를 벌써 사랑하고 있지 않은 여자이고, 들뜬 여자란, 벌써 다른 남자를 사랑하고 있는 여자다. 바람둥이 여자란, 과연 자기가 사랑을 받고 있는 것인지 아니면 누구를 사랑하고 있는 것인지 자기도 잘 알지 못하는 여자다. 무관심한 여자란, 누구도 사랑하지 않는 여자를 말한다.
라 브뤼이엘

미워하면서도 사랑하고, 사랑하면서도 미워해야 하는 것이 여자의 숙명이다.
대망경세어록

여자는 자신의 정조보다도, 자신의 정조에 관한 세평에 더 신경을 쓴다.
레니에

사랑이 지성에 관계라도 있다는 말인가? 우리들이 젊은 여성를 좋아하는 것은 지성과는 전혀 다른 별개의 문제이다. 여성의 아름다움 · 젊음 · 장난기 · 감칠 맛 · 성격 · 단점 · 변덕스러움 · 그 밖에 말로 표현할 수 없는 여러 가지를 좋아하지만 결코 여성의 지성을 사랑하지는 않는다. 만약 여성의 지성이 뛰어 난다면 그것을 존경할 것이며, 그로 인해서 여성은 우리들의 눈에 무한한 가치를 지니게 된다. 그리고 이미 서로 사랑하고 있으면, 지성은 우리들을 연결하는 역할을 할 수도 있다. 그러나 불타오르게 하고 정열을 불러일으키는 힘은 지성에게는 없는 것이다.
괴테

여자, 비밀이 없는 스핑크스.
와일드

질투 속에는 사랑보다도 자애(自愛)가 더 많이 숨어 있다.
라 로슈프코

아름다운 여자에게는 곧 권태를 느낀다.

선량한 여자에게는 결코 권태를 느끼지 않는다.

몽테뉴

여인의 사랑의 맹세는 물 위에 쓰여진 증서이며,

여인의 신의(信義)는 모래 위의 발자국이다.

W·E·에이튼

모든 여성은 착함보다는,

아름다움을 원한다.

독일 격언

수녀건 뭐건 여자는 여자다.
도스토예프스키

여자의 마음은 남자의 마음보다 더 사랑에 병들기 쉽다.
에우리피데스

아름다운 여자는 남자의 공상을 타오르게 하며,
남자의 괴로움을 덜어 주는 힘을 가지고 있다.
푸시킨

여자는 절대로 흉금*(胸襟)을 열지 않는다.
여자는 모두 부정직하다.
도스토예프스키

정열에 불타는 청년의 힘은 왕성한 혈기의 부산물에 불과하다.
그러나 성숙한 남자의 정열은 조용하고 깊은 마음 속에 깃든다.
와일드

여자들이 그들의 애인이 죽어서 우는 것은 그를
잃은 것을 슬퍼해서가 아니라, 이처럼 충실한 자

* 흉금(胸襟): 겉으로 드러내지 않고 마음 속에 품은 생각

기가 다시 애인을 얻을 가치가 있다고 다른 사람에게 생각하게 하기 위해서이다.
멜레

여자란, 남자의 입신출세를 넘어뜨리는 큰 돌멩이 같은 존재이다. 여자를 사랑하면서 무엇을 하려고 하면 쉽게 되지 않는다. 여자를 사랑하면서도 그런 방해를 받지 않는 좋은 방법이 있는데, 그것은 결혼이라는 것이다.
톨스토이

수치를 잃은 여성은 탈선한 기차보다 무섭고 광폭한 존재이다.
법구경

여성과 싸울 수 있는 무기는 깊이 생각하는 일이다. 그리고 여성과의 싸움에서 가장 강력한 무기는 망각이다.
곤차로오프

촛불이 꺼지면 모든 여인은 아름다운 법이다.
플루타아크

사랑에 빠진 남자는 실제 가치 이상으로 여자의 사랑을 받고 있는 것처럼 행동한다. 따라서 모든 사랑에 빠진 남자는 웃음거리가 된다.
샘포르

우리들은 위대한 업적을 성취할 수 없으므로 그것을 조소*(嘲笑)하는 것으로써 분풀이를 한다.
몽테뉴

남자의 마음은 여자의 청순한 아름다움에 끌리는 법이다.
여자여! 너의 머리 모양을 흐트러뜨리지 말라.
오비디우스

나는 여자의 본능을 알고 있다. 그들은 남자가 하고자하는 것은 하려고 하지 않으며, 남자가 하려고 하지 않는 것은 더욱더 하고 싶어한다는 것이다.
테렌티요우스

남자에게는 욕정보다도 여자의 교태가 더 억제하기 힘들다.
라 로슈프코

나는 여자가 곁에 있는 동안에 숨을 거두고 싶다.
알리칸

남자는 알고 있는 것을 말하고,
여자는 타인(他人)이 기뻐하는 것을 말한다.
루소

* 조소(嘲笑): 남을 깔보고 놀리어 웃음.

여자보다도 더 이기기 어려운 동물은 없다.
아리스토파네스

여자는 교회에서는 성인이요, 집밖에서는 천사이고, 집에서는 악마이다.
윌킨즈

티끌보다 가벼운 것은 무엇이냐? 바람이다. 바람보다 더 가벼운 것은 무엇이냐? 클레오파트라와 같은 여자의 마음이다.
뮈세

사춘기(思春期) 소녀의 가슴에는 호기심을 일으키는 악마가 살고 있다.
고골리

내가 여자를 안다고 말할 때는 여자를 모른다는 것을 안다는 뜻이다. 내가 아는 모든 독신 여인들은 내게는 모두 수수께끼이다. 분명히 그 여자들도 자기자신에게는 수수께끼일 것이다.
대커리

길에서 갑자기 변을 당할 때, 남자는 지갑을 들여다 보지만, 여자는 거울을 들여다 본다.
M·턴블

사람 일 천명을 이기는 사람에게 어느 정도 명성이 부여될 수 있다. 그러나 교태부리는 여자를 꼼짝없이 휘어잡는 자(者), 그가 진정한 영웅이다.

W · 어빙

면박받은 여인은 결코 수긍하는 일이 없다.

콜린즈

남자와 논쟁할 때, 이유야 어쨌든,
여자는 언제나 점점 더 교활해진다.

밀턴

여인 말고는 지옥이 따로 없다.

보먼트와 플레처

한 곳에 두 여자를 놓으면
날씨가 차가와진다.

셰익스피어

여자는 아무리 가까이가서 살펴보아도,
멀리서 바라보고 생각하던 것을 보여 주지 않는다.

법구경

여자! 여자야말로 당신을
인간으로 완성시켜 주는 자입니다.
도스토예프스키

여성의 미모는 교만의 원인이 되기는 해도,
결코 애정이 담긴 쾌락을 약속하는 것은 아니다.
앙드레 말로

이 세상에는 여성의 자연러운 아름다움 이상으로 아름다운 것은 없는 데도 불구하고, 여성들 자신이 기교(技巧)를 좋아하여 화장품으로 꾸미기를 일삼고 있다.
몽테뉴

젊은 여성은 아름답다.
성숙한 여성은 더욱 더 아름답다.
휘트먼

여자의 아름다움은 정열적인
성격 속에 있는 것이다.
로댕

아름다운 여인은 야성적 배우자를 길들이고, 그녀가 접촉하는 모두에게 상냥한 마음과 희망과 웅변을 심어주는 실제적인 시인이다.
에머슨

유리와 처녀는 언제나 위험하다.
트르리지아노

결혼반지를 조끼 주머니에 넣는 것은, 남자가 그 반지를 준 여성을 속이려고 할 때의 고전적인 방법이다.
프로이드

현명한 사람은 남을 믿지 않는다.
여성은 더욱 믿지 않는다.
법구경

여자는 신(神)이 만든 최고의 걸작품이다.

그러나 더러는 실패작도 있다.

말로

여자는 자신의 연애문제가 세상 사람의 입에 오르내리기를 원치 않는다. 그러나 자신이 사랑받고 있다는 것은 세상 사람에게 알리고 싶어한다.

모로아

여자는 불꽃과 같이 스스로 없어질 때까지

결코 꺼지지 않는 힘이 있다.

W·콘그리브

여인이 없다면 남성은 인생의 초분에는 협력자를,

중분에는 기쁨을 말년에는 위안을 빼앗기에 된다.

드 즈위

연약한 정신의 여자는 연약한 육체를 갖는다.

오비디우스

여자들이 몸치장할 때는 놀라운

변신을 발휘하는 때이다.

카를르 채펙

여자는 늘 새로운 비극을 스스로 만들어 낸다.
브하그완

여성은 자기를 원하는 남자를 원하지 않는다. 오히려, 약간 냉담한 태도를 취하는 남자를 원한다.
힐티

남성은 멀리 보고, 여성은 깊이 본다. 남성에게 있어서는 세계가 심장이고, 여성에게 있어서는 심장이 세계이다.
그라페

자기의 진짜 나이를 말해 주는 여자는 결코 믿지 말아야한다. 그런 여자는 못하는 말이 없을 것이다.
와일드

여자는, 남자가 사랑하면 남자를 사랑하지 않고, 남자가 사랑하지 않을 때는 남자를 사랑하는 것이 여자의 본성(本性)이다.
세르반테스

여자의 신비로움을 추구한다는 것은 결국,
하나의 냄새 나는 살덩이를 발견하는 것이다.
법구경

여자는 입을 다물고 있으면서도 거짓말을 한다.
이스라엘 격언

여자는 눈물에 의지하고, 도둑은 거짓말에 의지한다.
유고슬라비아 격언

여자라는 것은 존재하지 않는다. 존재하는 것은 여러 가지 여자들일 뿐이다.
모리악

남자는 미워할 줄 안다. 여자는 싫어할 줄밖에 모른다. 후자가 다루기 더 어렵다.
레니에

여자가 사랑하는 남자에게 속삭이는 사랑의 말은 마치 바람이나 물 위에 쓴 것과 같다.
가투르스

주관적인 여성의 한계때문에, 여성은 우수한 재능의 소유자는 될 수 있지만, 천재성의 소유자는 되지 못한다.
쇼펜하우어

오델로우, 하지만 이 여자의 피는 흘릴 수 없다. 눈보다도 희고, 기념비의 석고보다도 매끄러운 이 살결을 상처 입힐 수는 없다. 하지만 이 여자는 아무래도 죽어야 한다. 그렇지 않으면 또 다른 남자를 배반할지도 모르니까.

셰익스피어

한 번의 시선, 한 번의 악수, 약간의 맥이 있을 듯한 회답으로 당장 활기를 띄우는 것이 연애하는 남녀이다.

앙드레 모로아

여자는 마치 꽃과도 같다. 양귀비 꽃처럼 요염한 여자는 싫증이 나도, 모란 꽃처럼 아름답고 마음이 너그러운 여자는 절대로 싫증이 나지 않는다.

몽테뉴

어질고 똑똑한 남자는 여자에 대한 말을 절대로 입 밖에 내지 않는다.

바를러

여자는 갑자기 돌변하는 무서운 성품을 지니고 있다. 그리고 돌변이나 순간적인 재생은 그녀를 사랑하는 남자를 무섭게 한다.

로맹 롤랑

여자를 믿는 남자는 도둑을 믿는 것과 같다.

헤시오도스

여자는 자연이 최고의 완성품을 보전하기 위해 만들어낸 작품이다.

버나드 쇼

말없이 거부하는 여자는, 반은 동의한 것이나 다름없다.

오비디우스

인간은 포승과 총포로부터는 도망갈 수가 있다. 어떤 사람들은 의사의 약으로 더 오래 살 수 있다. 그러나 여러 여자를 취하는 사람은 망할 것이다. 당밀을 빠는 파리는 단물 속에 빠져 죽듯이, 이 여자, 저 여자를, 취하는 사람은 파멸한다.

J·게이

여자의 마음은 아무리 슬픔에 가득차 있다 할지라도, 사랑을 받아들일 수 있는 마음 구석이 어딘가에 남아 있게 마련이다.

보들레르

아무리 연구를 해도 여자는 언제나 완전히 새로운 존재이다.

톨스토이

미녀와 추녀는 지성을 인정받기 원하고,

아름답지도 밉지도 않은 여자는 미모를 원한다.

체스터필드

피라밋을 거꾸로 세워놓은 것처럼 위험한 것이

바로 '여자'라는 동물이다.

힐티

처음으로 미인을 꽃에

비유한 사람은 천재였지만

두 번째도 같은 말을 한

사람은 바보였다.

볼테르

여자는 커다란 피해는 용서할 수 있다.

그러나 작은 모욕은 결코 잊지 않는다.

해리 버튼

여자의 쌀쌀함은 그 미모를 더해주는 화장에서 나온다.

라 로슈프코

여자는 앙갚음에서 가장 큰 즐거움을 느낀다.

T·브라운 경

이 어쩔 수 없는 여인들! 이들은 왜 이다지도
우리 주위를 맴도는가! 시인은 옳았다.
이들과 더불어 살 수도 없고,
이들 없이도 살 수 없다는 것을!

아리스토파네스

여인이여, 생각한 것을 결코 말하지 말라.
당신의 말은 당신의 생각과 다를 것이고,
당신의 행동은 분명 당신의 말과 다를 것이다.

W·콘그리브

여인들은 죽은 후에는 마음대로
할 수 없기 때문에,
살아 있는 동안에 하고
싶은대로 다 하려고 한다.

J·매닝햄

여성은 언제나
주저하면서 변신한다.

벨기류스

남자의 사랑은 남자의 일부에 지나지 않지만,

여자의 사랑은 여자의 전부 이다.

바이런

여자들이 홀로 있을 때에 어떻게 시간을 보내고 있는가를 남자들이 안다면 결코 결혼같은 것은 하지 않을 것이다.

O·헨리

여자는 사랑하지 않으면 미워한다. 제 3의 방법은 없다.

푸블릴리우스 시루스

머리가 좋은 여자란, 함께 있을 때 이쪽에서

좋아할 만큼은 호응하는 여자를 말한다.

발레리

여자는 확실히 소우주이다. 여자를 바로 지배하기 위해서는 한 나라를 다스릴 수 있는 능력이 필요하다.

토머스 후드

여성에게는 본능적으로 모성애가 있다. 어머니의 자녀에 대한 사랑은 아름답고 고귀하다. 그러나 본능적인 사랑만으로는 자녀를 잘 키울 수 없다. 이성의 힘과 감성의 힘을 합쳐서 모성애를 다듬어 넓은 마음을 갖는 것이 필요하다. 어머니 자신의 마음이 맑아야만 자녀들을 올바르게 인도할 수가 있다. 어머니 자신이 총명하고, 어질고, 굳센 의지를 지니며, 용감히 활동하는 힘을 보여 준다면 입으로 말하지 않아도 자연히 자녀에게 좋은 영향을 줄 수 있다.

페스탈로찌

여자는 필요악이다.

메난드로스

여자는 여성이며, 어머니이며, 누나이다. 여자의 머리는 차가와도 마음은 따듯하다. 여자의 마음은 남자의 모든 정열에 대하여 공감한다.

로맹 롤랑

질투심이 없는 여자는 이미 여자가 아니다.
수치심이 없는 여자도 이미 여자가 아니다.

힐티

여자는 자기의 몸에 붙는 불결의 의혹에는 견딜 수 없어 한다.

버나드 쇼

여자들의 우정을, 여자들이 만들어 내고, 이것을 길이 보전하고 있으면, 이것은 여자들에게 있어 참으로 소중한 일이다. 여자들의 우정이라는 것은 남자들이 아는 여러 가지의 경우와는 성질이 상당히 다르다. 여자들은 여자의 운명 이라는 일반성 속에 파묻혀 있기 때문에, 그녀들의 우정은 내면 생활의 공통된 공감의 기분에 의해서 형성된다.

보봐르

여자라는 존재는 극단적이다. 남자와 비교해 본다면, 착하다든가, 악하든가 그 어느 한쪽에 속한다.

라 브뤼이엘

여자에게는 네 가지 지녀야 할 중요한 행실이 있다. 첫째는 덕(婦德)이며, 둘째는 말(婦言)이요, 세째는 용모*(芙蓉)요 네째는 솜씨(婦功)이다.

여자의 덕이란 반드시 재주와 총명이 절대적으로 남보다 뛰어나야 한다는 것이 아니며, 말은 반드시 언변이 좋아서 이익을 가져오는 언사여야만 하는 것은 아니다. 용모는 반드시 낯빛이 좋고, 살결이 고운 것만을 말하는 것이 아니며, 솜씨는 반드시 남보다 우월한 특별한 솜씨만을 말하는 것이 아니다.

맑고 고요하고 한가로우며, 다소곳한 가운데 절개를 지키며, 바르게 움직이고, 부끄러움을 지니고 행동하며, 움직임과 움직이지 아니함에 법도가 있다면 이것이 바로 여자의 덕(婦德)인 것이다.

말은 할 말과 하지 않을 말을 분별하여 할 말 만을 말하되 법도에 어긋나는 말은 쓰지 않으며, 말대꾸하는 식으로 곧장 말하지 말고 시간을 두고 천천히 말함으로써 듣는 사람이 편안하게 말하는 것, 이것이 바로 여자의 말(婦言)이다.

더러운 것을 깨끗이 씻고 의복과 치장을 청결하게 하며, 목욕을 자주 하여 몸을 더럽게 하지 않는 것을 여자의 용모(婦容)라 한다.

오직 길쌈에 전념하여 쓸데 없이 노는 것을 즐기지 않으며, 술과 밥을 잘 장만하여 손님 대접을 잘하는 것을 여자의 솜씨(婦功)라 한다. 바로 이 네 가지가 여자의 큰 덕이며 중요한 행실이다.

여교(女敎)

* 부용(芙容): 부용을 그리거나 수놓은 방장

마음에 간직하고 있는 것이 정(情)이며, 이것을 입 밖에 내면 말이 되는 것이다. 말이란 인간의 온갖 영화와 욕을 담고 있으며, 사람끼리 서로의 관계를 가깝게 하기도하고 멀게도 할 수 있는 커다란 수단이 되는 것이다. 말은 인간 상호 간에 굳어 있는 마음을 풀어 주기도 하며, 이질적인 인간 관계를 하나로 결합하게 만들어 주기도 한다. 그런가하면 원한을 맺게 하기도 하고, 적대감을 불러 일으키게 하기도 한다. 그래서 때로는 원한이 커지면 나라를 뒤엎기도 하고 집안을 망치게도 하며, 작은 경우에는 일가친척을 흩어지게 한다. 이러한 까닭에 현명한 여인들이 입을 삼가하여 조심하는 것은, 부끄러운 일이나 헐뜯음 같은 것을 불러들일까 염려하여서인 것이다.

내훈(內訓)

part 2

남녀(男女)에 대하여

Analects of the World

이 세상을 움직이는 것은 여자의 힘이 7할, 남자의 힘이 3할 정도의 것이란 말이다.

대망경세어록

못난 여자는 언제나 남자를 질투하지만,
잘난 여자는 결코 남자를 질투하지 않는다.

와일드

육체적으로 성숙한 남자와 여자는
한 쌍의 수컷과 암컷에 불과하다.

힐티

남자는 느끼는 것 만큼 늙고,

여자는 보는 것 만큼 늙는다.

M·콜린즈

사나이 가슴이 근심에 억눌려도,

여인이 나타나면 근심이 안개처럼 사라진다,

J·게이

남자가 20대에 잘나지도, 30대에 건강하지도, 40대에 성공하지도, 50대에 현명하지도 못하다면, 그는 결코 잘난 용모도, 건강도, 성공도, 지혜도 가져 볼 수 없다.

허버트

남자들은 믿고 싶은 것이면 쉽게 믿어 버린다.

카에사르

남자가 여자보다 웅변에는 더 능하지만,
여자가 남자보다 설득력에는 더 능하다.

랜올프

남자는 대의를 위해 목숨을 버리며,
여자는 남자를 위해 목숨을 버린다.

니치렌

남자의 이성을 통틀어도 여자의 감성 하나만 못하다.

볼테르

남자는 팔장을 끼고 함께 걷는 여성의 몸맵시가 세련되어 있는가, 우아한가에 대해 관심을 가진다. 이것은 남성이 타인의 칭찬을 기뻐하는 증거이다. 결국 이것이 여성의 허영심을 낳게 하여 여성이 화장에 열중하게 하는 것이다.

알랭

남자는 자기를 사랑해 주지 않게 된 여자에 대해서 무척 화를 내지만 곧 단념한다. 여자는 버려지면 떠들지는 않지만 마음속에 오랫동안 고통을 갖는다.

라 브뤼에르

남성은 개성을 가진 개개의 여성을 사랑하지만,

여성은 유일한 특정 남성 밖에 사랑하지 않는다.

아미엘

남자는 자기의 비밀보다 남의 비밀을 더 잘 지키지만,
여자는 남의 비밀보다 자기의 비밀을 더 잘 지킨다.
라 브뤼에르

여성의 직감(直感)은 남성의 교만한 지식에 대한 자부심을 능가한다.
간디

남자는 여자에게 사랑받고 있는 확신이 들면, 그녀가 다른 여자보다 아름다운지에 대해서 검토한다. 남자가 여자의 마음을 알지 못할 때는, 여자의 아름다움에 대해 생각할 여유가 없다.
스탕달

남녀 단 둘만 남게 되면 모든 수치심이 사라진다.
와일드

여자에게 구애 하지 못하는 남자는,
자기에게 구애해 오는 여자의 재물이 되기 쉽다.
W•배저트

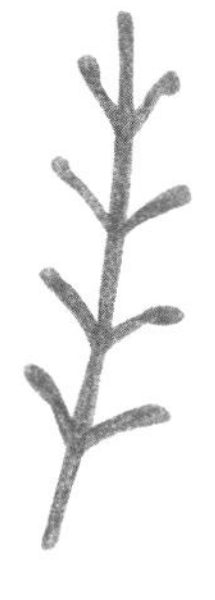

아무리 정숙한 외모의 여성이라도 악몽의 샘과 비슷하다.
낮에는 차갑지만 밤이 되면 활활 타오른다.
아드리앙 뒤뷔

출신이 좋은 여자로서, 출신이 좋다는 것에 싫증을 느끼지 않는 여자는 드물다.
라 로슈프코

남자는 거짓말 나라의 서민이고, 여자는 거짓말 나라의 귀족이다.
에르만

남자의 의무와 책임은 아내와 자식들을 위해 빵을 얻는 일로 일관되어 있다. 여자에게 있어서 남자는 자식을 낳아 기르기 위한 수단에 불과하다.
버나드 쇼

나는 친정에서 아버지의 인형과 같은 딸이었던 것처럼, 이 집에서는 당신의 인형과 같은 아내였습니다.
입센

나는 미래가 있는 남성을 좋아한다.
여성에게 있어서는 과거의 성숙미를 좋아한다.
와일드

여자는 태어나면서부터 '여자'인 것이 아니다. 그녀의 성(性) 경험을 통해 '여자'로 만들어지는 것이다.
보봐아르

순결하고 덕망있는 여성과 같이 값진 보물은 이 세상에 없다.
세르반데스

남자는 거짓말을 하지만, 여자는 시치미를 뗀다.
J·C·헤어와

이 세상에서 남자가 소유한 것 중에서 가장 소중한 소유물은 여자의 마음이다.
힐티

여성들은 아무도 알려주지 않은, 또 알 필요도 없는 것들을 참으로 많이 알고 있다.
R·M·몬거머리

아름다운 여성을 윽박지른다는 것은, 어려운 일이다. 그들은 여전히 아름다우며 아름다운 여성에 대한 비난은 되돌아 온다.
처어칠

남자란 원래 다처주의자다. 분별있는 여자는 남자의 이따금 있는 과실을 언제나 관대하게 봐준다.
모옴

모든 여자는 자기 어머니처럼 된다. 이것이 여자의 비극이다. 남자는 자기 아버지처럼 되지 않는다. 이것이 남자의 비극이다.
와일드

남자는 우리 여자를 거의 알지 못한다. 우리는 연약성이 있다. 사실이다. 이것은 우리를 매혹하는 사람들 때문이다. 하지만 우리는 언제나 우리를 사랑해 주는 사람에게 돌아간다.
H·F·베크

남자들은 흔히 여자에게 사랑한다고 말하길 좋아하지만, 여자들의 자유를 보장하는 일은 조금도 생각하지 않는다.

로맹 롤랑

사랑하는 사람을 위해서 식사 준비를 하고 있는 여자의 모습처럼 사람을 감동시키는 모습은 없다.
울프

여자의 마음은 비밀 장치를 한 서랍과 같다.
그 서랍의 비밀 장치 암호는 매일 매일 변한다.
앙드레 프레보

아무리 정숙한 여자라 할지라도 정숙하지 않은 무언가를 자기 몸 속에 지니고 있다.
디드로

어떠한 남자이든 한 여자를 자기 것으로 하려고 할 때에는 그녀가 자기에게 가장 어울리는 여자이고, 자기가 이처럼 열중하는 것도 당연한 것이라고 생각한다. 그리고 자신의 잘못을 깨닫는 것은, 나중에 다른 여자를 사랑하게 되었을 때이다.
알티바셰프

여자는 자기의 미모 때문에 저지르는
남자의 행위에 대해서 관대하다.
르사쥬

남자는 환상적인 여성을 원하지만, 여자는 실존적인 남성을 원한다.
남녀 간의 비극은 항상 여기에서 비롯된다.
힐티

남자의 사명은 넓고 다양하며, 여자의 사명은 일률적이고 협소하지만 매우 깊다.
톨스토이

누가 무어라 하더라도 여자의 가장 큰 야심은 남자에게 사랑을 느끼게 하는 것이다. 여자의 배려는 모두가 그 때문이다. 따라서 아무리 콧대가 높은 여자라도 남자들이 자기에게 빠지는 것을 마음속으로 기뻐하지 않는 여자는 절대로 없다고 할 수 있다.
모리엘

신(神)은 모든 것을 알고, 하늘을 먼 곳에,
여자를 남자 바로 옆에 두었다.
위고

당신은 가난한 남자를 사랑하는
여자를 본 일이 있습니까?
빠놀

여자란, 언제나 남자의 운수를 서서 막고,
또한 불행한 쪽으로 남자를 인도한다.
에우리피데스

여자를 환상적으로 창조하는 것은 남자의 정욕이다.
법구경

남자에게는 남자 나름의 의지가 있고,

여자에게는 여자 나름의 방식이 있다.

홈즈

여성은 눈에 즐거움을 주기 위해서 만들어졌다.

영

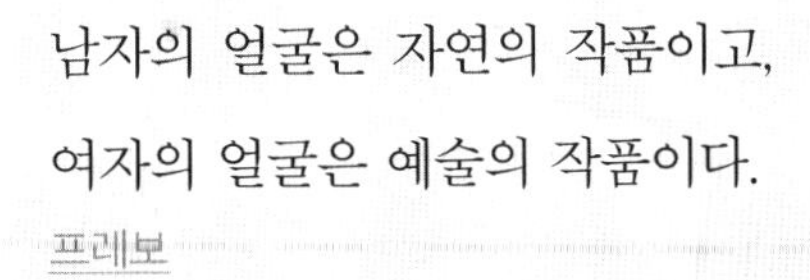

남자의 얼굴은 자연의 작품이고,

여자의 얼굴은 예술의 작품이다.

프레보

여자는 자기를 사랑하고 있는 남자의 절망적인 괴로움에 대해, 잔인한 즐거움을 가진다.

헤세

남자가 진정한 마음으로 한 여자만을 사랑한다면,
세상의 여자들은 그에겐 절대로 무의미한 것이 된다.
와일드

질투가 강한 여자는 그녀의 상상과 정열이
암시하는 모든 것을 믿는다.
게이

선량한 남편은 무섭게 권태로우며,
그렇지 않을 때에는 너무나 자기
도취에 빠진다.
와일드

아름다운 여자는 남자의 공상을 타
오르게 하며, 괴로움을 열어주는 힘
을 지니고 있다.
푸시킨

남자와 여자는 두 개의 악보와 같다. 이들 없이 인류 영혼의 악기는 바르고, 아름다운 훌륭한 곡을 표현할 수 없다.

마드지니

오늘날의 이 시대에 와서도 여성의 마음이란,
아직 규명되지 못한 심연*(深淵)이다.

도스토예프스키

여자가 거울에 자기를 비춰 보는 목적은 자기가 남에게 어떻게 보여질까 하는 것을 확인하기 위해서이다.

앙리·드레니에

남성은 뜻(志)으로 천하(天下)를 품지만, 여성은 자신의 치마폭으로 남성을 품는다. 남성은 일을 위해 인생을 바치지만, 여성은 감성(사랑, 행복)을 위해 인생을 바친다. 남성의 뜻은 여성에 의해 꺾이고, 여성의 행복은 남성에 의해 파괴된다.

브하그완

남자는 그가 어떤 일을 하느냐에 따라서 관심을 받고,
여자는 그녀가 어떤 인간이냐에 따라서 관심을 받는다.

체스타톤

* 심연(深淵): 빠져 나오기 어려운 곤욕이나 상황을 비유적으로 이르는 말.

남자이든 여자이든 이따금 고독해 지고 싶은 생각이 솟아오르기 마련이다. 두 사람이 서로 사랑하는 사이라면, 상대방의 고독감을 질투하게 된다.
헤밍웨이

결혼 전의 남녀는 모두 거짓말쟁이다.
그러나 결혼 후에는 남자만 거짓말쟁이가 된다.
힐티

여자가 재혼하는 경우는 그녀의 첫 남편을 증오하기 때문이다. 남자가 재혼하는 경우는 그의 첫 아내를 흠모하기 때문이다. 여자는 그녀의 운명을 시험하는 것이며, 남자는 그의 운명을 거는 것이다.
와일드

남자는 여자를 사랑을 사랑하는 데서부터 시작하여 여자를 사랑하는 것으로써 그친다. 여자는 남자를 사랑하는 데서부터 시작하여 사랑을 사랑하는 것으로써 그친다.
허버트

남자가 여자를 사랑하는 첫째 조건은 그 여자가 자기 마음에 드느냐 그렇지 않으냐에 달려 있다. 그런데 여자는 또 한 가지의 조건이 있다. 그것은 자기의 선택이 다른 사람의 마음에 드느냐 그렇지 않으냐 하는 것이다.

로망빌

남자는 항상 여자의 최초 애인이 되고 싶어 하지만, 이것은 바보스러운 허영심이다. 여자는 빈틈 없는 본능을 지니고 있다. 여자가 언제나 바라는 것은 남자의 마지막 애인이 되는 것이다.

와일드

여자의 추측은 남자의 확실함보다 훨씬 정확하다.

키플링

곤란과 시련을 이겨내는 것이야말로 남성은 무엇인가하는 것을 보여주는 좋은 기회이다.

에픽테토스

모든 여자는 남자보다 물질적이다. 남자는 사랑으로부터 위대한 것을 만들어 내려고 하지만 여자는 언제나 현실적이다.

톨스토이

여자를 미워하는 사람은 다른 사람 이상으로 여자를 사랑하는 사람이다.
법구경

언제나 부자유한 것이 여자의 운명이다. 여자는 자기의 신비를 보존하기 위하여 항상 자기를 숨기고, 몸을 감싸고, 얼굴을 가리우기에 여념이 없다.
법구경

여자는 거짓말을 하면서도 거의 진실을 말하고 있는 것처럼 생각하고 있기 때문에 교묘하게 거짓말을 잘할 수 있다.
레니에

여자는 사랑하는 사람과 함께 있으면 아름답게 된다. 미(美)는 성격 가운데, 그리고 정열 가운데 있다. 미는 성격이 있기 때문에 혹은 정열이 내면에서 보이기 때문에 존재한다. 육체는 정열이 그 모습을 담는 틀형(型)이다.
로댕

여성은 아무리 두뇌가 명석할지라도
판단력의 부족에 속을 썩힌다.
투르게네프

남자는 건설할 것도 파괴할 것도 없게 되면 무척 불행을 느낀다.
알랭

현명한 남자는 여자나 컵과 같은 것을 어려운 시련에도 던지지 않는다.
로베 드 베가

여자는 잘 변한다. 여자를 믿는 것은 바보이다. 여자는 바람 속의 날개에 지나지 않는다.
빅토르 위고

분노와 발작(發作)에 끌려 들어가는 남자는 남자답지 못한 사람이다. 친절하고 온화한 마음을 가지고 있는 남자가 정말 남자다운 남자이다.
오우데리우스

정조를 지니지 않았으면 정조를 지닌 체 하시오.
셰익스피어

여자는, 여자 본래의 자태로서 남자 앞에 섰을 때 남자와 일체가 될 수 있다.
서양 격언

젊은 남성에게 총명한 여성과의 교제만큼
도움이 되고 필요한 일은 없다.
톨스토이

남자들은 언제나 그렇지만, 집에서 떠나 있을 때가 가장 즐겁다.
셰익스피어

여성적인 성격의 본질적인 결함은 정의감이 없다는 것이다.
쇼펜하우어

분별없는 남자는 여자와 사이가 가까워 질수록 농담을 하며 시시덕거린다. 분별 있는 남자는 여자와 사이가 가까워 질수록 예의를 지킨다.
체스터필드

남자는 여자에게 모든 것을 달라고 요구한다. 요구대로 여자가 모든 것을 바치고 남자를 위해 일생을 헌신하면 남자는 그 무게에 고통을 받는다.

보봐르

열정적인 남자보다 냉담한 남자가 쉽게 여자에게 빠지는 법이다.

투르게네프

말이 적은 남자가 가장 훌륭한 남자다.

셰익스피어

남자는 연인이나 아내에게 싫증이 나면 도망치려고 한다.
그러나 여자는 남자에게 보복하려고 손아귀에 잡아 두려고 한다.

보봐르

아름다운 여자가 다른 여자의 아름다움을 칭찬했다면, 칭찬받은 여자보다도 칭찬한 여자 쪽이 더욱 아름답다는 것을 우리는 알고 있다.

아우구스티누스

여자는 훌륭한 남자를 사랑하게 됨으로써 자기 자신의 가치를 인식하지 못하게 된다. 그러나 남자는 고귀한 여성을 사랑하게 됨으로써 자기 자신의 가치를 인식하게 된다.
에센바흐

자신의 행복이, 사랑하는 단 한 사람 여성의 힘이란 것을 느끼지 못하는 남성은 값이 없는 남성이다.
레싱

누가 여심(女心)을 읽을 수 있단 말인가?
셰익스피어

남자는 증거에 의하여 판단한다.
그러나 여자는 정(情)에 따라서 판단한다.
쉴러

여자의 마음은 아무도 모를 깊은 연못이다.
리코보니 부인

여자는 남자가 자기에게 끼친 해로움에 대해서는 남자를 용서할 수 있지만, 다른 여자에게 바치는 남자의 희생에 대해서는 결코 그를 용서 하지 않는다.
모옴

여자는 남자보다 훨씬 영리하다. 왜냐하면, 남자보다 조금밖에 아는 것이 없으면서도 훨씬 더 상황에 잘 적응하기 때문이다.
스티븐슨

남성은 여성을 존경하라! 그러면 여성은 하늘 나라의 장미를 지상에 있는 남성을 위해 심어 줄 것이다.
쉴러

신사는 과묵하고, 숙녀는 정숙하다.
에머슨

남자에게 있어서 중요한 것은 사랑하는 여자이다. 남자는 모든 행복과 고뇌를 여자로부터 얻는다.
여자는 모든 남자에게 짠맛, 신맛, 단맛을 넣는다.
샤르돈느

자기의 과실을 매력 있는 것으로 바꾸는 능력을 가지지 못한 여자는, 평범한 여자에 지나지 않는다.
와일드

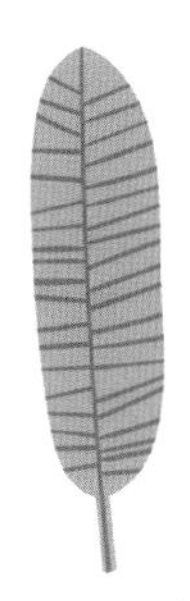

인품이 그녀의 아름다움보다 더 오래 지속되는 여인은 드물다.
라 로슈프코

아무것도 채워지지 않은 책장과 같은 순백의 처녀라는 것은, 어리석은 조작에 지나지 않는다.
로렌스

남자가 인생에서 구하는 것은 오직 한 가지, 그것은 쾌락이다.
모옴

만약 당신이 젊은 여자에게서 바보 취급을 당하더라도, 그러한 일은 훌륭한 남자에게도 흔히 일어 나는 일이다.
스탕달

남자는 반드시 그 행위에 의해 평가될 수는 없다. 법률을 잘 지키긴 하지만 아주 보잘 것 없는 남자가 있으며, 법률을 잘 지키지 않으면서도 훌륭한 남자도 있다.
와일드

남자와 여자라는 관계와, 남편과 아내라는 관계는 전혀 다른 것이다. 여자일 경우에는 쉽게 정복되던 것이 아내일 경우에는 쉽게 정복되지 않는다.

대망경세어록

남자의 애정은 그가 육체적 만족을 얻는 순간부터 눈에 띄게 저하된다. 다른 여자는 그가 소유한 여자보다 많은 매력이 있는 것처럼 생각되어 그는 많은 변화를 열망한다. 이에 반하여 여자의 애정은 이 순간부터 증대 한다.

쇼펜하우어

part 3

위인(偉人)과 바보에 대하여

Analects of the World

대중의 박수갈채에도 담담하고,

대중의 호의에도 독립하여 스스로

즐길 수 있는 사람만이 위인이다.

R · 스틸

천재는 선례(先例) 없이도 바르게 행동하는 능

력을 갖은 사람이다.

허버트

과도보다는 중용을 택하는 것이

모든 위인의 특징이다.

세네카

고귀란 무엇인가? '고귀'라는 말은 오늘날 우리들에게 무엇을 의미하는가? 현재 시작되고 있는 천민지배(天民支配)의 이 하늘 아래서 고귀한 인간은 무엇에 의해 나타나고, 무엇에 의해 알려지는가? 고귀한 인간이 자기 자신에 대해서 품고 있는 근본적 확신, 요구되지 않고 발견되지 않아도, 고귀한 인간은 자기에 대한 외경*(畏敬)을 지닌다.

니이체

* 외경(畏敬): 두려워하여 공경함.

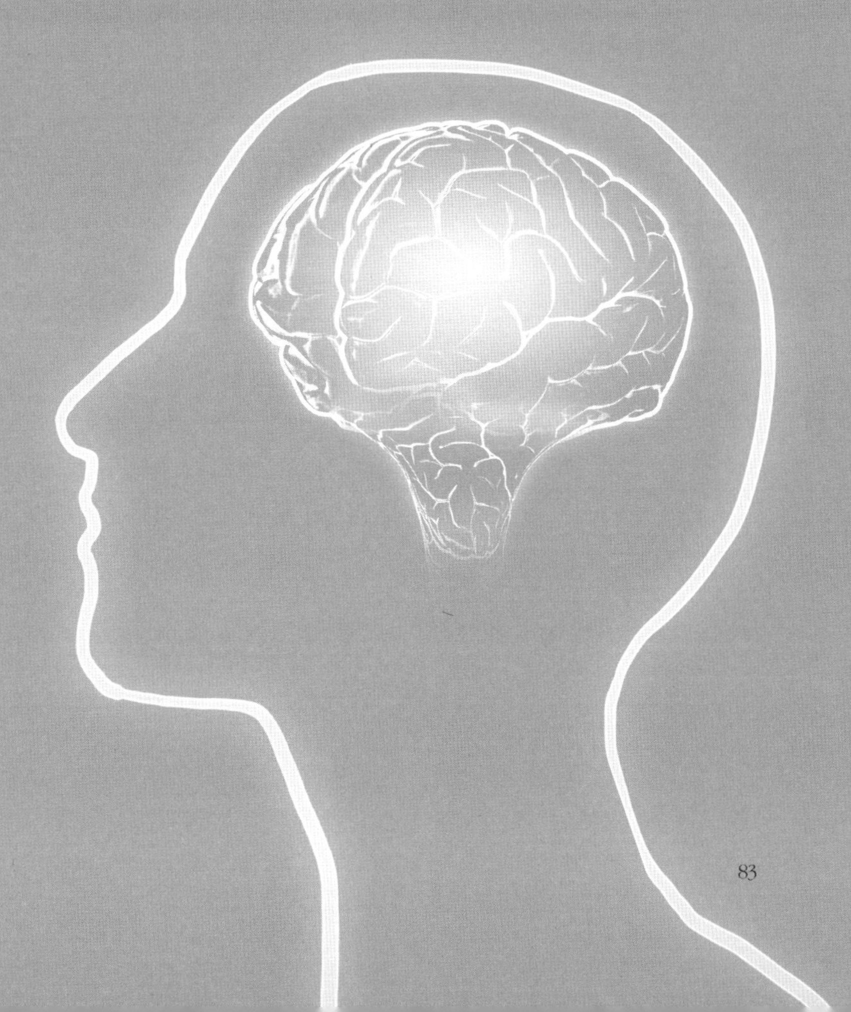

가장 위대한 사람은 가장 훌륭한 덕(德) 뿐만이 아니라 가장 큰 악(惡)도 지닌다.
데카르트

자기 일을 처리하기 위해서 남의 두뇌를 사용할 수 있는 사람은 위대하다.
D · 파이어트

위인치고 천부적으로 영감을 지니지 않은 사람은 없다.
키케로

위인은 결코 기회가 없다는 불평을 하지 않는다.
에머슨

위대한 천재는 다른 위대한 천재에 의해서 만들어진다. 그러나 이것은 동화하는 것으로 만들어지는 것이 아니라, 서로 마찰하는 것으로 만들어 진다.
하이네

이따금 위대한 사람이 비열한 부정직한 사람에게 죽는다.
셰익스피어

지각 있는 사람들을 비웃는 것은, 바보들의 특권이다.
라 브뤼에르

천재란 그의 머리 속에, 세계가 한결 높은 명도(明度)에 도달하여, 특별히 선명한 모습으로 나타나고 있는 그런 인간을 말한다. 그리고 천재가 가장 중요하고 가장 깊은 통찰을 제공하는 것은, 개개의 사물에 대한 세심한 관찰보다는 전체 파악의 충실도다. 인류가 최대의 교훈을 얻는 것은 이 천재로부터다.

쇼펜하우어

소인은 특별한 것에 관심이 있고,
위인은 평범한 것에 관심이 있다.

허버트

재치있으나 어리석은 자만큼 처리 곤란한 바보는 없다.

라 로슈프코

위대함에는 두렵다는 수식어가 붙는다.

니이체

오늘의 우상(偶像)은 어제의 우상을 밀어내 버리지만,
이윽고 내일의 우상으로 바뀌어진다.

어빙

위인이란 자기가 할 수 있는 일을 한 사람이다. 범인은 자기가 할 수 있는 일을 하는 것이 아니라, 할 수 없는 일만을 원하고 있다.

로맹 롤랑

정신적으로 위대했던 사람들을 나는 영웅이라 부른다.

로맹 롤랑

사소한 일에도 웃고 울고 하는 자는 큰 바보이다.

그라시안

위인이라 해서 평범한 사람보다 용기가 더 있는 것은 아니다. 다만 위인은 약 5분쯤 용기가 더 길었을 뿐이다.

에머슨

당신의 정신을 위대한 사상으로 무장하라.
위인을 믿는 것이 위인을 만들어 낸다.

디즈레일리

큰 결점을 가진다는 것은 위대한 사람만이 가지는 특권이다.

라 로슈프코

무한한 자비심(慈悲心)은 모든 진정한 위인의 최고의 선물이며 유산이다.

러스킨

모방에 의해서 위대해진 사람은 한 사람도 없었다.

사무엘 존슨

위인이란 죽은 후에 다른 사람을 얼떨떨하게 하는 사람이다.

발레리

모름지기 영웅과 위인이란 스스로 되는 것이 아니라, 국민이 만들어 낸다.

힐티

낯선 사람에게 품위 있고 예의바른 사람은 세계의 시민임을 증명 하는 것이다.

베이컨

영웅심이 영웅을 만들어 내지는 않는다.
참다운 용기만이 영웅을 만들어 낸다.

발레리

자신의 위대함을 감출 줄 아는 것이 위대한 총명이다.

라 로슈프코

누구든지 화을 낸다. 그것은 쉬운 일이다. 하지만 올바른 대상에게, 올바른 시간에, 올바른 목적으로, 올바른 방법으로 화을 내는 것, 그것은 모든 사람들이 할 수 있는 일이 아니며 결코 쉬운 일이 아니다.

아우렐리우스

생각없는 웃음보다 더 바보스러운 것은 없다.

카툴루스

어떠한 영웅이라도 최후에는 귀찮은 존재가 된다.

에머슨

바보들은 서로 헐뜯지만, 현명한 사람들은 서로 화합(和合)한다.

허버트

필요 이상으로 현명한 것은 현명한 것이 아니다.

P · 귀노

재능을 지닌 바보는 더러 있지만,
판단력(判斷力)을 갖춘 바보는 결코 없다.

라 로슈프코

바보들이 여자(女子)의 일에 대해서는 현명하다.
T · 플러

바보들은 분별력이 있는 사람들의 웃음거리로 태어났다.
G · 파퀴

바보는 결코 걱정을 하지 않는다.
괴테

개인의 역할이 탁월한 시대는 지나간 것 같다. 국민이라든가 당파, 집단 스스로가 근대의 영웅이다.
하이네

진정한 바보가 되기 위해서는 두뇌가 필요하다.
맥도널드

혼자서 현명하지 말고, 현명하게 세속(世俗)에 따르라.
F · 퀄즈

타고난 재능은 자연수(自然數)와 같은 것이어서 학문에 의한 정지*(整枝)가 필요하다.
베이컨

* 정지(整枝): 나무의 불필요한 가지를 자르고 다듬는 일.

유식한 멍청이는 무식한 멍청이보다 더 심한 멍청이다.
프랭클린

어리석음은 물을 주지 않아도 성장한다.
허버트

위대한 일은 하루 아침에 이루어 지지 않는다. 포도나 무화과 조차도 그렇다. '무화과를 먹고 싶다'고 지금 당신이 나에게 말한다면 '시간이 걸린다'고 나는 대답할 것이다. 먼저 나무에 꽃이 피고, 열매가 맺고, 마지막으로 열매가 익게 해야 한다.
에픽테토스

군자(君子)는 섬기기는 쉬워도 기쁘게 하기는 어렵다. 옳은 일로써 기쁘게 하지 않으면 기뻐하지 않고, 사람을 부리는 데에는 완전무결(完全無缺)하기를 요구하기 때문이다. 소인은 섬기기는 어려워도 기쁘게 하기는 쉽다. 옳지 않은 일로써 기쁘게 해도 기뻐하며, 사람을 부림에 있어서는 그 임무만 완수하면 만족하기 때문이다.
공자

신사(紳士)란 타인의 이기적인 주장도 이해하며, 이에 경의를 표하는 대신, 그들로부터 같은 이해와 경의를 받아내는 사람이다.
W · 해즐리트

소중한 일은 중요하지 않은 사람들의 말이 인정되는 일이다.
처어칠

완전한 순진성은 무의식 중의 뻔뻔스러움이다.
G · 메러디드

업무에서 적어도 1년 동안은 어떤 인간도 천재다.
리히텐베르크

괴테는 독일에서 뿐만 아니라 전유럽에서 단지 한 개의 돌발사건, 또는 아름다운 무익(無益)은 아니었던가. 그러나 괴테를 어떤 공공적 이익이라는 비참한 시점에서 보는 것은 위대한 인간을 오해하는 것이다. 그로부터 아무런 이익도 끄집어 낼 수 없다는 것, 이것이야말로 괴테를 위대함 속에 속하게 하는 것일 것이다.
니이체

바보 비웃기를 일삼는 것은,
바보가 되는 지름길이다.
T · 플러

현인(賢人)과 식자(識者)는 다르다. 현인은 아무나 될 수 없지만 식자는 누구든지 될 수 있다.
라 브뤼에르

자신이 어리석으면서, 남을 비웃는 사람은
두 몫의 조롱감을 지닌다.
샤프츠버리 경

진실로 위대한 것과 진실로 선(善)한 것은 모두 신문에서 크게 떠들어대는 소동을 벌이는 일 없이 작은 일에서 시작된다.
힐티

언어의 고전적 순수성 이라는 문제를 너무 중시할 필요는 없으리라고 생각합니다. 믿음직한 천재는 당대의 언어, 당대의 이미지로 사상을 빈틈없는 빵장이처럼 반죽해야 합니다.

로맹 롤랑

현인도 지혜가 지나치면 바보가 된다.

에머슨

위대함에는 신비성이 필요하다.

위대함을 너무 알면 사람들은 존경하지 않는다.

드골

누구나 현명하기를 원하지만,

사람은 언제나 교활하다.

사무엘·존슨

태어날 때부터 현명하거나 박식한 사람은 없다.

T · 플러

진정한 위인치고 자신을 위인으로 생각하는 사람은 없다.

W · 해줄리트

천년에 한 번 완전한 인물(人物)이 나타난다.
처어칠

성인(聖人)은 24시간마다 한 번씩 회의론자가 된다.
에머슨

천재는 무한히 튀어나온 돌기*(突起)다.
위고

소크라테스와 같이 자기의 지혜는 가치가 없다고
생각하는 사람이야말로 가장 현명한 사람이다.
플라톤

현명한 사람은 결코 젊어지기를 바라지 않는다.
스위프트

* 돌기(突起): 어떤 것의 일부가 뾰족하게 내밀거나 도드라짐.

위인의 가치는 책무(責務)에 있다.
처어칠

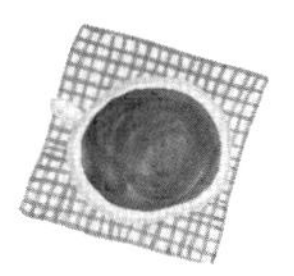

높은 나무의 열매를 바라보면서 그 높이를 헤아려보지 않는 사람은 어리석은 사람이다.
O · C · 루프스

어떤 경우에나 항상 현명한 사람은 없다.
플리니우스 1세

어리석은 사람과 현명한 사람은 탄생과 죽음에 있어서는 서로 똑같다. 그들은 인생의 경주에서만 다르다.
T · 플러

현명한 사람은 자기의 적에게서도 많은 것을 배운다.
아리스토파네스

위대한 인간에게 경도된 자만이 교양이라는 최초의 세례(洗禮)를 받는다.
니이체

현명한 사람은 아무리 하찮은 적이라 할지라도 경계한다.
푸블릴리우스 시루스

더 현명하면 더 행복할 텐데.

바이런

여자와 술과 노래를 사랑하지 않는 사람은 평생 바보로 남는다.

J · H · 포스

바보들 중에서 박식하게 보이는 사람은,

현명한 자(者)들 중에서는 바보로 보인다.

쿠인틸리아누스

무지한 인간에게는 현자(賢者)의 말도 들리지 않는다.

에우리피데스

어리석은 사람은 거짓 부끄러움으로 그들의 드러난 상처를 은폐한다.

호라티우스

다른 사람들의 과오는 기억하면서도, 자신의 과오는 잊어버리는 것이 어리석은 사람의 특징이다.

키케로

중요한 일은 영혼을 자유롭게 두는 것이다.

미로

다른 사람은 생각하는 것을 생각하지 않는 사람은 바보이다.

허버트

현명한 사람은 위험할 때에도,
평정심을 갖는다.

J · 셀든

어리석은 사람은 아는 것도 없고 생각도 없는지라 학문을 가르칠 수도 있고 공을 세우게 할 수도 있다. 그런데 어중간한 사람은 생각과 지식이 많고 억측과 시기도 많아서 일마다 함께 하기가 어려운 법이다.

채근담

바보는 불행에 억눌리지만, 위인은 불행을 초월한다.
W·어빙

재능은 저절로 부여되고, 인격은 세상의 거센 파도와 더불어 만들어진다.
괴테

하늘은 어진 사람을 내어, 모든 사람의 어리석음을 가르치려 하거늘 세상은 도리어 어진 사람의 잘하는 바를 뽐내어 그를 시기하고, 어진 사람은 뭇 사람의 빈곤을 구제하려 하거늘, 세상은 오히려 가진 바를 자랑하여서 뭇 사람의 빈곤을 비웃나니, 진정 천벌을 받을지로다.
홍자성

가장 위대한 것은 단순하게 말해야 효과가 있고, 강조(强調)를 하면 망쳐지고 만다. 그러나 사소한 것은 고상한 양식으로 말해야 표현과 어조가 돋보인다.
라 브뤼에르

진정한 위인은 일정한 궤도에 올려놓고 묘사 될 수 없다.
하이네

바보는 언제나 자기를 칭찬해 줄
더 큰 바보를 찾는다.
브왈로

사나운 새가 앞에서 채려고 할 때는 낮게 날으며 날개를 거두고, 사나운 짐승이 뒤에서 덮치려 할 때는 귀를 드리우고 엎드린다. 성인(聖人)이 앞으로 움직이려 할 때는 반드시 어리석은 체한다.
강태공

역할이 영웅을 찾고 있다.
러셀

바보를 보고 싶지 않다면,
먼저 자기의 거울을 깨어버릴 필요가 있다.
프랑소아 라블레

어리석은 사람과 현명한 사람은 둘 다 해(害)가 없다.
절반이 어리석고, 절반이 현명한 사람만이 가장 위험하다.
괴테

고난의 때에 동요하지 않는 것,
이것이 칭찬 받을 만한 탁월한 인물인 증거다.
베에토벤

발명가와 천재적인 사람들은 그들의 성공적인 일을 시작할 때, 언제나 바보로 인정받았다.
도스토예프스키

바보의 조급은 이 세상에서 가장 느린 조급이다.
T · 새드웰

현명한 사람이 7년간에 걸쳐 질문하는 것을,
어리석은 사람은 한시간에 걸쳐 질문 한다.
존 레이

군주는 오직 전쟁에서 승리하고,
오직 국민을 위해 나라를 유지해
가는 것이 좋다. 그렇게 하면
그의 통치 수단은 누구에게도 훌륭한
것으로 생각되며, 찬양받을 것이다.
마키아벨리

어리석은 사람에게 침묵보다 나은 것은 없다. 이 사실을 안다면 이미 그 사람은 어리석은 사람이 아니다.
사디

우행(愚行)의 제 1단계는 자기자신의 현명함에 자기도취되는 것이며, 제 2단계는 그것을 고백하는 것이고, 제3단계는 충고를 경멸하는 것이다.
프랭클린

시인이기 위해서는 자기자신의 천재성을 믿지 않으면 안된다.

예술가가 되기 위해서는 자기자신의 천재성을 의심해서는 안된다.

지이드

때때로 바보도 의미심장한 제안을 한다.

브왈로

고결한 사랑이 위대한 사람을 만든다.

괴테

현인이라야 현인을 알아본다.

크세노파네스

우자(愚者)는 자기 혓바닥을 억제 하지 못한다.

초서

현명하게 되는 기교(技巧)는 못본 체 해야 할 것을 아는 것에 있다.

W · 제임즈

현명한 사람은 이성으로 다스리고,

어리석은 사람은 곤봉으로 다스린다.

H · G · 보운

오랜 세월에 걸쳐 인간성에 대해 연구 해 본 결과, 우수한 사람과 평범한 사람의 차이는, 하나의 특질 유무(有無)로 결정된다는 것을 알았다. 그것은 '호기심'이다. 우수한 사람은 이 특질을 가지고 있었지만, 평범한 사람은 이 특질을 가진 사람이 없었다.

찰스 부토우

우리가 현명해지기 위해서는 먼저 바보가 되어야 한다.

몽테뉴

자기 스스로가 현명하다고 생각하는 사람은
참으로 형편없는 바보이다.

볼테르

위대한 포부가 위대한 사람을 만든다.

T · 플러

어떤 대하(大河)도 그것만으로 크고 풍부한 것은 아니다. 많은 지류를 맞아들이고 앞으로 나아가는 일이 그 강을 크게 하는 것이다. 정신의 위대성도 이와 같다. 대하(大河)와 같이 많은 것이 당연히 흘러 들어가지 않으면 안될 동기를 부여하는 것이 문제인 것이며, 천분이 가난하다든가 풍부하다든가 하는 것은 문제가 되지 않는다.

니이체

적을 친구로 삼을 수 있는 사람은 유능한 인물이다.
서양 속담

위대한 사람의 가장 큰 행운은 적절한 시간에 죽는 것이다.
G · 호퍼

진실로 위대한 것은, 지푸라기와도 당당히 맞서 싸워야 할 명분을 가지고 있다.
셰익스피어

위대한 일은 위대한 인물을 위해 남겨져 있다.
세르반테스

남자에게 있어서 정신적 위대함이란 많은 것을 느끼고, 잘 자제하고, 말을 삼가며, 사상에 있어서는 순결하여 조금도 잘난 체 떠벌이지 않고, 눈으로 심오한 언어를 말하며, 유치한 과장도 없이, 연약한 심정의 토로를 하지 않는 것이다.
로맹 롤랑

일반적으로 위인은 알려지지 않거나 나쁜 사람으로 잘못 알려진다.
카알라일

part 4

천재(天才)에 대하여

Analects of the World

천재는 자기를 믿는 사람을 말한다.
고리키

무엇이든지 경지를 넘어서면 그것이 곧 천재이다.
괴테

천재를 천부적으로 만들어 낼 수는 없다. 할 수 있는 일은 천재를 양육하는 것 뿐이다.
N·D·발르와

천재와 바보를 판별할 수 있는
지혜를 가진 사람이 바로 현인이다.
크세노파네스

천재의 대부분은 성장(成長)이 느렸다.

G·H·루이스

천재? 그런 것은 절대로 없다.

다만 끈질긴 인내의 연구와 방법이 있을 뿐이다.

로댕

우자(愚者)는 항상 자신을 존경하는,
바보 같은 녀석을 말한다.
브알로우

천재는 모든 사람으로부터 일류의 꽃으로 인정받으면서도 도처에서 고난과 혼란을 야기한다. 천재는 언제나 고립하여 태어나고, 고독한 운명을 갖는다.
헤르만 헤세

천재란, 평범한 사람이 하나를 보는 곳, 재능 있는 사람이 둘이나 셋을 보는 곳에서 열 가지를 보는 능력에다가 그 수많은 잠식력을 그의 예술에 재료로써 사용하는 능력을 합한 것이다.
G · 파운드

천재는 그 자신을 점화*(點火)하는 힘이다.
포스터

한 명의 위대한 천재의 출현은, 만 명의 범인의 출생과 동일하다.
C·롬브로스

천재란 우리의 지각을 황홀케 하는 능력이지만, 인내의 포장에 지나지 않는 경우가 많다.
H·오스틴

* 점화(點火): 불을 켜거나 붙임.

어리석은 재지(才智)보다는 재지(才智) 있는 어리석음이 더 낫다.
셰익스피어

자신의 생각을 믿는 것, 즉 자기 자신의 마음 속 자신에게 진실한 것은, 모든 사람에게 진실한 것이라고 믿는 것, 그것이 천재이다.
에머슨

역경(逆境)은 천재를 드러내고, 순경(順境)은 천재를 감춘다.
호라티우스

현자(賢者)는, 우자(愚者)가 현자로부터 배우는 것보다도 우자로부터 더 많은 것을 배운다.
카토

재능은 인간의 능력 속에 있는 것이요,
천재는 자기의 능력 속에 있는 것이다.
J · R 로우얼

천재의 램프는 인생의 램프보다 빨리 탄다.
쉴러

우리들은 위인에게 접근하면 접근할수록 평범한 사람이란 것을 명백히 알게 된다. 종자(從者)에게 있어서 훌륭한 위인을 보는 것은 드물다.
라 브뤼에르

타인에게 자신의 본성을 예감시키고, 타인의 본성을 예감하는 것은 불가능하다. 다만 한 가지 중요한 것은 빛이 자신 안에 있도록 노력 하는 것이다. 인간이 서로 감득하며 인간 가운데 빛이 있으면 이것이 전 인류에게 비춰질 것이다.

슈바이처

영웅주의(英雄主義)는 육신에 대한,
공포에 대한 영혼의 혁혁한 승리이다.

아미엘

천재는 인식하는 능력이 현저하게 발달한 경우에 성립한다.

쇼펜하우어

천재는 타고 나는 것이지, 교육만으로 결코 이루어지지 않는다.

J · 드라이든

천재는 근면으로 길러진다.

키케로

천재란 1퍼센트의 영감과 99퍼센트의 노력이다.

에디슨

어리석은 사람은 생각하는 것이 많다.

마쓰오바쇼우

바보는 어려운 것을 쉽게 생각해서 실패하고,

현명한 사람은 쉬운 것을 어렵게 생각해서 실패한다.

콜린즈

천재의 진정한 역할은 하나의 세계를 그의 내면의 법칙에 따라서 완전히 유기적으로 조직된 세계로 창조하는 것이다. 그러기 위해서 그의 내면의 세계가 오직 유일하고 완전한 세계임을 절대적으로 믿어야 한다.

로맹 롤랑

세상에는 네 가지 유형(類型)의 사람들이 있다. 사랑하는 사람, 기회주의자, 방관자, 바보 그 중에서 가장 행복한 사람이 바보이다.

H · A · 텐

요구되는 최초의, 그리고 최후의 것은 진실한 사랑이다.

괴테

타인이 어렵게 하는 일을 쉽사리 행하는 것,

이것이 재능이다.

아미엘

천재성를 지닌 인간으로써 적어도 감사와 순수함이라는 두 가지를 지니지 않은 사람은 도저히 참을 수 없다.

니이체

위대한 사람일수록 더욱 예의 바르다.

테니슨

어떤 천재도 동료들과는 다른 각도에서 세상을 본다. 여기에서 그의 비극이 시작된다.

엘리스

part 5

아름다움(美)에 대하여

Analects of the World

개성적인 아름다움은 다른 어떤 소개장보다도 더 훌륭한 추천장이다.

아리스토텔레스

미(美), 그것은 참으로 무서운 것이다. 미(美)가 무섭다는 것은, 미(美)를 규정할 수 없기 때문이다.

도스토예프스키

여인의 나체는 하나님의 작품이다.

W · 블레이크

공작과 백합처럼 이 세상에서 가장 아름다운 것들이 가장 쓸데없는 것들임을 상기하라.

러스킨

스타일, 하모니, 우아(優雅), 좋은 리듬의 미(美)는 간소함에 있다.

플라톤

모든 종류의 아름다움이 사랑을 고취하지는 않는다. 눈에 즐거움만을 주는 그런 종류의 아름다움이 있지만 다만 그것이 애정을 사로잡지는 못한다.

세르반테스

미(美)는 진실이며, 진실은 미(美)다.

키츠

세상의 혼돈을 예술가의 영혼의 고통을 거쳐 만들어 내는 미(美)는 놀랍고도 신기한 것이다.

모옴

FLOWER

미(美)에 대해서 권위적인 훈련 따위는 속임수다. 우리들은 기만당하고 있었다. 우리들은 한조각 진실의 그림자도 되찾을 수 없을 만큼 교묘하게 기만당하고 있었다. 파르테논 · 비너스 · 님프 · 나르시스의 미 따위는 모조리 거짓이다. 예술은 미의 기준이 될 수 없다. 예술은 본능과 두뇌가 어떠한 기준도 초월하여 창조한 것이다. 우리들이 여성을 사랑할 때, 우리들은 그녀의 수족 치수를 재는 일부터 시작하지는 않는다. 우리들은 욕망을 가지고 사랑하는 것이다.

피카소

미(美)는 신(神)의 미소요,
음악은 신(神)의 목소리이다.

존슨

미(美)는 바라보는 사람의 눈 속에 있다.

헝거포드

'신(神)이여, 왜 나는 덧없이 멸하는 몸입니까?' 하고 미(美)가 물었다. 신(神)은 이렇게 말했다. '나는 오직 덧없이 멸하는 것만을 아름답게 만들었느니라' 사랑과 꽃과 이슬과 청춘이 이것을 듣고, 눈물을 흘리며 신(神) 앞에서 물러났다.
괴테

육체적인 미(美)는, 아름다움의 기본이요, 원칙이며,
내적인 정신적 도덕적 미의 외적 상징이다.
쉴러

미(美)는 여름 과실과 같다.
그것은 부패하기 쉬우며 오래가지 않는다.
베이컨

아름다움은 헛되고 믿지못할 행운일 뿐이다. 아름다움은 갑자기 사라지는 빛나는 광채, 봉오리 지자 이내 시드는 꽃, 깨지는 덧없는 유리병, 순식간에 잃고, 사라지며, 깨지고, 시드는 못 믿을 행운이다.
셰익스피어

과거의 멸망해 가는 아름다움이 미래의
빛나는 아름다움이 되도록 빌면서……
디즈니

아름다움이 뛰어날 때는 그 어떤 웅변가도 벙어리가 되어 버린다.
셰익스피어

미(美)는 지(知)로 향하는 마음에 생명과 따스함을 부여해 준다.
괴테

아름다운 소녀는 비록 가난하다 할지라도 풍부한 재산을 물려 받은 것이다.
아플레이우스

아름다움은 겉치레가 필요하지 않고,
꾸미지 않은 순수함이 가장 아름답다.
F · 톰슨

미(美)의 가장 아름다운 부분은 그림으로도 표현할 수 없다.
베이컨

미(美)는 사랑의 아이다.
엘리스

아름다움과 추함은 항상 함께 존재한다. 다만 바라보는 사람의 심리상태에 따라 다르게 보일 뿐이다.
아미엘

우리들은 아름다움을 여성의 특성으로,
존엄을 남성의 특성으로 간주해야 할 것이다.
키케로

미(美)는 신(神)의 선물이다.
아리스토텔레스

우아함이 없는 아름다움은 미끼 없는 낚시 바늘이다. 미인이 표정이 없으면 싫증이 난다.
에머슨

반성도 숙고(熟考)도 할 필요 없이, 인간이 좋다고 느끼는 모든 것의 일체, 온화하고 고상한 조화, 그것이 미(美)다.
괴테

미인은 주름살이 삼켜버리게 될 한 송이 꽃에 지나지 않는다.
T· 내시

마음의 아름다움과 같은 미(美)는 없다.
코크

일반적으로 남성의 기지와 마찬가지로
여성의 아름다움은 당사자의 운명을 결정한다.
체스티필드

우리들은 아름다운 용모보다 고결한 정신에 신경써야 한다.
이솝

붉은 입술과 검은 눈과 같은 아름다움은 여자들에게 중요한 것이다.
M·J·엘멘도르프

미인은 모두가 주목하는 여자이다.
스티븐슨

미(美)는 아무런 설명도 요구하지 않는 천재성의 한 형식이다.
와일드

육체적인 매력은 감탄 받을 수 있지만, 내면에는 육체적 매력을 유지시켜 줄 정신적 매력이 있어야 한다.
콜튼

그 자체에 있어서 아름다운 것은 어느 의미에 있어서나 아름답다. 그리고 그것은 칭찬을 그 자신의 일부로 여기지 않고, 그 자신을 완성하는 데 있다. 누구나, 무엇이든지 칭찬을 받음으로써 더욱 나빠지기도 하고 또 더욱 선량해지기도 한다. 속인(俗人)들이 아름답다고 하는 사물, 예를 들어 천연물이나 인공적인 작품에 대해서도 나는 이렇게 단언한다. 참으로 아름다운 것은 다른 어떤 것도 필요로 하지 않는다. 법칙에 있어서, 진리에 있어서, 인애(仁愛)나 겸손에 있어서, 모두가 그러하다. 이러한 것들 가운데 어느 것이 칭찬을 받았기 때문에 아름다운 것이 되었으며, 또 비난을 받았기 때문에 더러운 것이 되었단 말인가? 비취와 같은 것도 칭찬을 받지 않으면 밉게 보이는가? 그리고 황금, 상아, 자수정, 보도(뽑기), 화초, 관목 등도 그러한가?

아우렐리우스

아름답게 되기는 쉬워도, 아름답게 보여 지기는 어렵다.

O · 헨리

사물의 미를 알아내는 것이야말로 우리들이 도달할 수 있는 정밀묘사의 극점이다. 개성 미(美)의 발달에 있어서는 색채감각 하나조차도 선악의 관념보다도 더욱 중요한 것이다.

와일드

영국인이 없더라도 인류는 여전히 생존할 수 있다. 독일인이 없더라도 마찬가지다. 러시아인 따위는 없어도 그야말로 아무런 지장이 없다. 과학이 없어도 태연하고, 빵이 없어도 문제없다. 그러나 오직 하나 미(美)가 없다면 인류의 생존은 절대로 불가능하다. 왜냐하면 이 세상에서 전혀 할 것이 없어지기 때문이다! 모든 비밀은 여기에 있다. 모든 역사도 여기에 있다! 과학조차도 미(美)가 없다면 일각인들 존재할 수 없을 것이다. 미(美)가 없으면 과학도 가치가 없어지고, 못 한개도 발명할 수 없었을 것이다!

도스토예프스키

사물이 아름다울 수 있는 것은 오직 그것이 진실할 때 뿐이며 진실 없이 미(美)는 존재 할 수 없다. 또한 미(美)란 '완전한 조화'를 말한다.

로댕

아름다운 영혼이 아름다운 형체와 조화되고, 이 두 가지가 하나로 합쳐질 때, 이것은 앞날을 바라보는 눈을 가진 사람에게는 가장 아름다운 모습이 될 것이다.

플라톤

'사막이 아름답군' 하고 왕자님이 말했습니다. 정말 그대로 였습니다. 나는 언제나 사막을 좋아했습니다. 모래의 산 위에 앉으니 아무것도 보이지 않습니다. 그리고 아무것도 들리지 않습니다. 하지만 무엇인가가 조용히 번쩍이고 있습니다…… '사막이 아름다운 것은 어딘가에 우물을 감추고 있기 때문이야.' 하고 왕자님이 말했습니다. 나는 모래가 그처럼 이상하게 번쩍이는 이유를 갑자기 알고 놀랐습니다.

생텍쥐페리

미(美)는 성공과 동일하다. 그러나 우리들은 미를 오랫동안 사랑할 수는 없다.

그린

타고난 미인(美人)은, 사람이 준 거울을 보지 않거나 사람이 말해주지 않는다면 자기가 남보다 아름답다는 사실을 알 수 없다. 그러나 스스로 알거나 알지 못하거나, 또는 남에게서 듣거나 듣지 않거나, 본인(本人)이 기뻐하거나 기뻐하지 않거나, 또 님이 칭찬하거나 칭찬하지 않거나 그 아름다움에는 변함이 없다. 미인(美人)의 아름다움은 천성으로 타고났기 때문이다.

장자

아름다운 것은 항상 고독 가운데 있다.

로댕

나는 미학자(美學者)들이 우습기 한량없다. 미학자(美學者)들은, 우리들이 미(美)라는 말로 부르고 있는 말로는 표현하기 어려운 것을, 두셋의 추상적인 언어를 구사해서 하나의 개념으로 묶어 만들려고 애쓰고 있다. 미는 하나의 근원현상(根元現象)이다. 그 자신은 나타나지 않지만 그 반영은 다른 창조정신의 무수한 발현 속에서 보여지며, 자연 그 자체와 같이 다종다양한 것이다.
괴테

아름다운 것은, 항상 기쁨과 슬픔을
동반할 때가 가장 아름답다.
헤세

아름다움과 어리석음은 옛날부터 동반자였다.
프랭클린

오만함과 우아함은 같은 장소에서 살지 않는다.
T·플러

만약 여성으로써, 남성을 매혹시키기를 원한다면 아름다운 악마가 되라.
라인 하르트

새롭게 느껴지는 것은 무엇이나 다 아름답다. 아름다운 것은 항상 새롭게 보인다.
브하그완

"타이스, 죽지 말아요. 나는 당신을 사랑해! 나의 타이스. 내말 들어봐. 내가 당신을 속였어. 난 가련한 미친놈이야 하나님과 천당, 그 모든것은 아무것도 아닌 것이오. 참된 것은 땅위의 생명과 인간들의 사랑뿐이오. 난 당신을 사랑하오. 죽지 말아요. 당신은 너무나도 아름다워! 갑시다. 나와 함께 갑시다. 도망갑시다. 나의 팔에 당신을 안고서 아주 먼 나라로 가야겠소. 와요. 우리 서로 사랑합시다." 육욕에 불타는 수도사는 이번에는 지옥(육체)의 목소리로 애걸하였지만, 타이스는 천국(정신)의 아름다움을 동경하여 이 세상을 하직하였다.
A · 프랑스

악마의 눈에는 불결하고 비도덕적인 것도 아름답게 보인다.
뮐러

아름다움! 이것은 지성(知性)과는 아무런 관련도 없다. 다만 지성이 곁들여짐으로써 비지성적인 요소들이 조금은 아름다움을 간직할 뿐이다.

와일드

아름다움에 대한 가치 판단, 그 기준은 무엇인가? 그것은 '바라보는 시선과 느끼는 마음의 움직임'에 달려있다. 아름다운 것은 아름답다고 느껴지며, 아름답지 않은 것은 아름답지 않게 느껴진다.
'눈'과 '마음', 이것이야말로 아름다움의 샘(泉)이다.

브하그완

아름다움을 추구하는 것은 인류의 본능이다.
모든 역사는 아름다움에 대한 추구 아래 발전된다.

힐티

겉이 아름답다고 하여 속까지 아름답다고 단정할 수는 없다.

동양 격언

예의를 모르는 사람은 결코 아름다움(美)을 안다고 할 수 없다.

한비자

이 세상에서 가장 아름다운 것, 그것은 바로 '사랑'이다.

사랑보다도 더 아름다운 것이 이 세상에는 없다.

칸트

part 6

분노(憤怒)에 대하여

Analects of the World

마음에 불이 일면, 입에서 불꽃이 튄다.
T · 플러

자기도취는 인간이 착용할 수 있는
최고의 갑주*(甲冑)이다.
제롬

분노는 영혼의 원동력(原動力) 중의 하나이다.
그래서 분노가 없는 사람의 마음은 불구이다.
T · 플러

* 갑주(甲冑): 갑옷과 투구.

노여움은 한 때의 미치광이이다. 당신이 노여움을 누르지 않으면, 노여움이 당신을 누를 것이다.
호라티우스

감정은 절대적인 것이다. 그중에서도 질투는 가장 절대적인 감정이다.
도스토예프스키

노여움은 쓸모 없는 일로 시작되고, 후회로 끝난다.
피타고라스

나는 친구에게 화가 났다. 나의 분노를 이야기했다. 나의 분노는 말끔히 사라졌다. 나는 적에게 화가 났다. 아무 말도 하지 않았다. 나의 분노는 자꾸 더 심해졌다.
W·블레이크

사람은 이해하지 못하는 것을 조소*(嘲笑)한다.
도일

유순한 대답은 분노를 멈추게 하고,
과격한 말은 분노를 더 일으키게 한다.
구약성서

모든 격렬한 감정은 외관적인 허위의 인상에서 만들어 진다.
일반적으로 이것을 감상*(感傷)의 오류라고 규정 짓는다.
러스킨

가장 비생산적인 사람은 감상주의자이다.
카알라일

* 조소(嘲笑): 남을 깔보고 놀리어 웃음.
* 감상(感傷): 사물에 대해 느낀바가 있어 마음속으로 슬퍼하거나 아파함.

분노의 발작에 휘몰렸을 때, 자기 자신이 한 일을 기억이 없다고 하는데 그것은 새빨간 거짓말입니다. 엉터립니다. 나는 명확한 의식으로 시종합니다. 잠시도 자기를 잊지 않습니다. 내가 나 자신의 분노의 불길을 강하게 부채질하면 할수록 나의 의식의 빛은 점점 더 밝아집니다.

톨스토이

어떤 사람이 잘못을 저질렀기 때문에 화를 내는 경우에, 즉시 자기의 본성으로 돌아가 그대도 그러한 잘못을 저지르지 않을 것인가를 생각해 보라. 가령 그대도 돈이나 쾌락이나 또는 보잘 것 없는 명성과 같은 것을 너무나 높이 평가하지 않느냐고……. 이렇게 생각하면 그대는 그 분노를 곧 잊을 수 있을 것이다. 특히 그 사람은 스스로 달리 방도가 없었기 때문에 분노를 억제할 수 없었다는 사실을 덧붙여 생각해 보면, 그대의 분노는 곧 풀릴 것이다. 그리고 가능하면 그 사람을 그 난관에서 구출해주라.

아우렐리우스

노여움은 기묘한 사용법을 갖는다. 다른 무기는 사람이 이를 사용하지만, 이 무기는 우리를 사용한다.

몽테뉴

냉소가는 인간의 좋은 성질은 보지 않고,
인간의 나쁜 성질만을 보는 사람이다.
비처

사람은 이성(理性)에서 상실한 것을 노여움에서 보충하려 한다.
윌리엄 알러

분노는 스스로를 벌한다.
T · 플러

회오*(悔悟)는 약한 마음의 미덕이다.
드라이덴

격노는 본심을 빼앗아 간다.
베르릴리우스

분노는 어느 정도의 수입을 가진 사람들만이 즐길 수 있는 값비싼 사치다.
커티스

* 회오(悔悟): 잘못을 뉘우쳐 깨달음.

지독하게 화가 날 때에는 인생이 얼마나 덧없는가를 생각해 보라.

아우렐리우스

모든 사람에게 미움받는 자는 오래도록 살 수 없다.

코르네이유

분노 자체는 사람에게 어떠한 손해도 주지 않는다.

B · 존슨

걱정은 생명의 적이다.

셰익스피어

고통은 근심을 빌려가는 사람들이 지불하는 이자이다.

G · W · 라이언

최고의 허영심은 명성을 사랑하는 것이다.

산타야나

사람이 분노를 억제하지 못하는 동안에는 진실로 자연을 벗으로 삼을 수가 없다.

시마자키 토오손

냉소가(冷笑家)는 개(犬)의 철학가다.

아우구스티누스

일시적인 흥분으로 일을 시작하는 사람은 일을 시작하자마자 곧 멈추게 된다. 일시적인 감정과 재치로써 깨닫는 것은, 깨닫는가 하면 곧 흐려져서 밝은 등불이 되지 못한다.

채근담

분노를 억제하지 못하는 것이 절제와 수양이 부족(不足)한 증거이다.

플루타르쿠스

화가 날 때는 스물 네 개의 문자를 읽을 때까지 아무것도 말하지도 행하지도 말아야 함을 명심하라.

플루타르쿠스

분노는 위대한 정신(精神)의 소유자가 자신의 고결한 이상의 성취를 방해 받을 때, 마음을 움직여 큰 힘을 발휘한다.

P · 아레티노

우리들 인간이 마음 속에서 발견하는 가장 최초이자, 가장 단순한 감정은 호기심이다.

버크

한 시간의 냉기(冷氣)가 7년간의 열기(熱氣)를 빨아낸다.

M · 데넘

분노는 둔한 사람을 재치있게 만들지만,
또한 둔한 사람을 불쌍하게 만든다.

베이컨

모든 아첨 중의 최대의 아첨은 자애(自愛) 이다.

볼테르

분노의 물결을 막으려고 노력하지 않는 사람은
고삐도 없이 야생마(野生馬)를 타는 것과 같다.

C · 시버

모욕은 가장 엄한 질책이다.

보온

분노 중에 가(加)하는 일격은 종국에 가서는 자기 자신을 때린다.

W · 펜

유관(劉觀)이 비록 창졸간에 있어도 말을 빨리하거나 당황하는 얼굴빛을 보인 적이 없었다. 부인이 관(寬)으로 하여금 유관(劉觀)이 성내는 것을 시험하기 위하여 조회에 나아가 가만히 엿보았다. 마침 유관이 치장을 엄하게 마치고 있었으므로 시비를 시켜 고기국물을 바치게 하되 일부러 조복에 떨어뜨려 더렵혀지게 하였다. 시비가 부인이 시키는대로 유관의 조복에 고기 국물을 엎지르고는 급히 그것을 치웠다. 그래도 유관의 얼굴빛은 전혀 변하지 않았고, 오히려 여유있게 말하기를, '국물에 네 손이 데지나 않았느냐?'고 하였다. 그 온유한 성품과 넓은 도량이 이와 같았다.
내훈(內訓)

분노로부터 평정심을 갖기 위해서는 다른 사람이 성낼 때 조용히 이를 관찰하라.
세네카

화(火)났으면서도 웃을 수 있는 사람에게 주의하라.
영국 속담

분노할 줄 모르는 사람은 바보이다.
분노하지 않는 사람은 현인(賢人)이다.
장자

한 번 분노할 때마다 한 살씩 늙어가고, 한 번 기뻐할 때마다 한 살씩 젊어진다. 이것은 신이 인간에게 부여한 최악의 형벌이자 또한 최고의 선물이다.
스피노자

인내함으로써 성사(成事)되는 일이 본 적은 있지만,
화를 냄으로써 일이 성사(成事) 되는 일을 본 적은 없다.
장자

세 번 생각한 후에 분노하라. 세 번 생각한 후에 분노를 상대방에게 터트려라.
한비자

part 7

감정(感情)에 대하여

Analects of the World

너무 많이 웃지 말라. 지혜로운 사람은 가장 적게 웃는다.

허버트

잔혹함은 고대의 악덕이고,

허영은 근대의 악덕이다.

G · 무어

때를 맞추지 못한 웃음은 위험한 악행이다.

메난드로스

애태우는 근심은 흰 머리를 만든다.

W · G · 베넘

자기도취는 자멸(自滅)을 초래한다.

이솝

분노는 날카로운 이빨과 발톱으로 찢어버릴 먹이를 찾는다.

엘리어트

위대한 경멸자는 위대한 숭배자다.
니이체

자기도취는 인간의 영혼에게 알려진 가장 불치(不治)의 병이다.
비처

사색에서 생기는 감정과, 혼란한 마음에서 생기는 감정은 높은 산을 스치는 바람과 언덕 사이를 스쳐가는 바람이 다른 만큼 그렇게 다르다.
슈바이처

종종 노여움을 드러 내기 보다는 모욕을 숨기는 것이 보다 필요한 때가 있다. 전자는 결코 잊혀지지 않지만, 후자는 때때로 잊혀질 수 있다.
체스터필드

사람은 불쾌한 기억을 망각하는 것으로써
스스로를 방위*(防衛)한다.
프로이드

* 방위(防衛): 적의 공격을 막아서 지킴.

우리의 행위를 낳은, 모든 동기가 타인(他人)에게 보여진다면. 우리의 가장 아름다운 행위도 부끄럽게 생각할 일이다.

라 로슈프코

나는 타인을 사랑하지만, 그것은 이기심의 자각이 있기 때문에 사랑하는 것이다. 즉, 그것이 나를 기분 좋게 하고, 나를 행복하게 하기 때문이다.

슈틸넬

자존심은 어리석은 자의 소유물이다.

헤로도투스

자만심이 강한 인간은 운명을 거부하고, 죽음을 비웃으며, 덮어 놓고 야망만을 쫓고, 지혜도 두려움도 덕(德)도 잊어버린다. 자만심이 강한 것은 인간의 최대 적이다.

셰익스피어

질투하는 사람은 다른 사람과 비교해서 이중으로 나쁘다. 그는 자기의 불운(不運)에 대해서 화낼 뿐만 아니라, 타인의 행복에 대해서도 감정을 상해 한다.

히피아스

질투는 사랑과 함께 태어나지만, 사랑이 사라져도 반드시 함께 사라지지는 않는다.
라 로슈푸코

사람들은 보통 슬플 때는 아무 것도 하지 않는다. 그들은 자기의 처지를 개탄한다. 그들을 변화시키는 것은 자존심에의 상처이다.
맬컴 엑스

천천히 화내는 사람을 조심하라. 화내는데 오래 걸리는 사람은, 화가 풀리는데에도 오래 걸린다.
F · 퀼즈

감정에 이끌려서 얼굴 표정을 조정하지 못하는 것은 천한 일이다. 즉 자신을 뜻대로 통제하고 이끌지 못한다는 것은 부끄러운 일이다.
아우렐리우스

인간는 다른 모든 것을 빼앗겨도 견딜 수 있지만, 자부심을 빼앗기면 견딜 수 없다.
W · 헤즐리트

감격은 몇년 동안이나 소금으로 절여두는 청어는 아니다.
괴테

자만심은 멸망을 가져올 것이다. 왜냐하면 오만이 앞서고, 수치심이 뒤따르기 때문이다.

J · 헤이우드

인생에서 스스로를 치켜 올리지 않는다면, 즐거운 일이 별로 없을 것이다.

라 로슈프코

분노는 우행(愚行)에서 시작되고,

회한(悔恨)으로 끝난다.

보온

자기 자신의 감정을 다스릴 줄 아는 사람이 영웅이다.

비처

모든 인간의 행위는 웃음이나 울음의 원인이다.

세네카

눈물은 마음의 고통을 덜어준다.

장 파울

여자의 눈물에 감동하지 말라. 여자들은 눈이 울도록 배웠다.

오비디우스

우는 것을 부끄러워하는 거만한 사람을 경멸하라.

영

전쟁은 자존심의 아들이다.

스위프트

너무 많이 웃는 사람은 바보의 기질이 있고,

너무 웃지 않는 사람은 늙은 고양이의 기질이 있다.

T · 플러

패배한 사람에게는 눈물이, 승리한 사람에게는 기쁨이 있다.
플루타르코스

여자의 눈물보다 더 빨리 마르는 것은 없다.
T · 플러

눈물은 아무리 막으려 해도 흘러 내린다.

또한 눈물은 흘러내림으로써 영혼을 진정시킨다.
세네카

허영심은 사랑보다도 더 많이 여자를 타락시킨다.
데팡

달콤한 눈물! 그것은 무서운 언어요, 무한한 애정의 웅변이며, 말로 표현하기에는 너무 벅찬 감정이다.
폴로크

명랑은 건강의 구성에 중요한 요소이다.
A · 머피

많은 사람이 능히 역경을 견딜 수 있지만,

많은 사람이 결코 모욕을 견딜 수 없어 한다.
T · 플러

부끄러워할 줄 모르는 여자는 가장 악한 사람이다.
영

명랑한 표정은 밥상을 진수성찬으로 만든다.
허버트

모든 잘못의 밑바닥에는 대개 자존심이 들어 있다.
러스킨

역경에서의 희망과 순경에서의 조심은,
재앙과 행복에 대비하는 감정이다.
호메로스

밝은 빛이 성촉대*(聖燭臺)에 있는 것처럼,
얼굴의 아름다움은 성숙한 연령에 있다.
경외경

자존심이 강한 사람은 언제나 만족하기가 어렵다. 그는 다른 사람들에게 너무 큰 것을 기대하기 때문이다.
R · 백스터

* 성촉대(聖燭臺): 초를 꽂아 놓은 기구.

허영심은 사람에게 많은 말을 하게 된다.

쇼펜하우어

자존심은 다른 사람의 존중에 의해서 강화된다.

드바이크

자기 만족을 하지 않는 인간의 대부분은, 영원히 전진하고 영원히 희망을 갖는다.

노신

해방되어 있다는 승리의 감정에는 너무나 강한 슬픔이 혼합되어 있습니다. 나는 나 자신이 해방된 감옥을 항상 깊이 생각하고 있었기 때문입니다.

프로이드

자만, 질투, 허욕, 이러한 것들은 모든 인간의 마음속에 있는 불꽃이다.

단테

우리들이 남의 허영을 참고 견디지 못하게 하는 것은, 그것이 우리들의 허영을 일으킬 수 있기 때문이다.

라 로슈프코

번영했을 때의 거만은

역경(逆境)에 처했을 때에 비탄을 불러 온다.

T · 플러

자존심을 앞세우면 치욕이 뒤따를 것이다.

채프먼

자만심은 사람을 우쭐하게 할지는 몰라도

결코 그사람을 후원해 주지는 못한다.

러스킨

희망은 항상 우리에게 '전진하라, 전진하라'고 말한다.

망트농 부인

뽐내는 것과 거만한 것은 일시적인 감정이다. 이 일시적인 감정을 모두 극복해야만 진심이 나타난다.
홍자성

인류의 역사적 감정이란, 현재의 공적과 수확의 평가 뿐만 아니라, 과거의 공적과 수확도 평가하도록 교양된 감정을 말하는 것이다.
괴테

자만심은 자기 파멸을 가져올 수 있다.
아이소푸스

뇌물을 바치기에는 너무 가난하고, 애걸하기에는 너무나 자존심이 강했기 때문에 그는 돈을 모을 방도가 없었다.
미상

악마는 가난한 사람의 자존심으로 그의 꼬리를 닦는다.
J · 레이

우리들은 우리들 자신을 존경하는 까닭에 많은 사항(事項)들을 경멸한다.
보브나르그

자존심은 배고픔과 목마름과 추위보다 더 비용이 비싸다.
W · 호운

자존심은 다 떨어진 외투 밑에도 숨어있는 경우가 대부분이다.
T · 플러

나는 전신이 기쁨과 노래 자체이다.
하이네

인간은 자신이 스스로 좋다고 인정하지 않는 한 만족하지 못한다.
마크 트웨인

사람들은 자기 자신에게 열등감을 느끼게 하는 자들을 미워한다.
체스티필드

자존심은 사람이 입을 수 있는 가장 고상한 의상이며,
마음을 북돋아 줄 수 있는 가장 의기양양한 감정이다.
스마일즈

자존심은 미덕이 아니지만, 자존심은 많은 미덕의 모체가 된다.
콜린즈

얼굴을 붉히는 자는 이미 유죄이다.
참다운 결백은 어떤 것에도 부끄럽지 않다.
루소

인간에게는 증오나 불쾌를 곧 잊어버리는 망각이 있다.
채플린

분노와 우행(愚行)은 나란히 걷고,
회한(悔恨)이 분노와 우행(愚行)의 발꿈치를 밟는다.
프랭클린

웃음은 신이 우리들에게 선사한 것 중 가장 가치 있는 것이다. 이 괴로운 세상에서 우리들의 무거운 짐을 가볍게 하며, 우리들은 웃음에 의해서 고생을 의연히 감당해 낼 수 있는 것이다. 신이 수수께끼 같은 말씀을 하고, 그 때문에 인간이 해석을 잘못해서 시행착오를 거듭한 후 유익한 교훈을 얻는 것을 바라보며 신이 남몰래 웃는다고 상상하면 이것은 착각일 것인가?
모옴

풍요로운 허영이 굶주린 자존심보다 낫다.
J · 베일리

남자는 겸손할 수록 더 존경을 받는다.
버나드 · 쇼

거만한 사람보다 더 아첨에 잘 넘어 가는 사람은 없다.
스피노자

경쟁 속에서 아름답게 이루어지는 일은 없고,
자만 속에서 고상하게 이루어지는 일도 없다.
러스킨

허영심이 강한 사람은 자만심을 가지기 쉽고, 실제로 자기는 모든 사람들에게 귀찮은 존재임에도 불구하고, 모든 사람들에게 즐거움을 준다고 쉽게 망상한다.
스피노자

자부심은 그의 아들들에게는 너그럽고 용감하기를,
그의 딸들에게는 정숙하고 예절 바르기를 명령한다.
L · 스턴

자만심은 인간이 자기 자신을 너무 높게 생각하는 데에서 생기는 감정이다.
스피노자

경멸은 가장 준엄한 질책이다.
홀란드 부인

part 8

외모(外貌)에 대하여

Analects of the World

마음이 딴 곳에 있으면 눈에는 보이지 않는다.

푸블릴리우스 시루스

너의 얼굴은 너의 속마음을 증언한다.

에번즈

그녀의 눈 속에 천국이 있다.

초서

미련한 사람의 마음은 그의 입 속에 있지만,
현명한 사람의 입은 그의 마음속에 있다.

프랭클린

눈은 다른 모든 것을 보아도 자기 자신은 보지 못한다.

T · 플러

인간의 얼굴은 신의 걸작이다. 눈은 영혼을 나타내며, 입은 육체를, 턱은 목적을, 코는 의지를 나타낸다. 우리는 이 모든 것들을 표정이라고 부른다.

허버트

사람은 자기 귀보다는 자기 눈을 더 믿는다.

헤로도투스

아름다운 얼굴은 말이 없는 추천장이다.

베이컨

눈(眼)은 몸(육체)을 볼 수는 있지만,
마음(영혼)을 볼 수는 없다.

도로우

눈이 보지 못하는 것은, 마음이 슬퍼하지도 않고,
마음이 원하지도 않는다.

W · 펜

얼굴을 보면 그 사람의 마음을 알 수 있다.

B · 존슨

설득하는 눈길의 달콤하고 말 없는 수사학은 말 없는 웅변이다. 이것은 현명한 사람들의 말이나 지혜보다도 더욱 사람을 감동시킨다.
S·다니엘

서로 키스하는 그들의 입술은 여름의 아름다움 속에서 한줄기에 핀 네 송이의 빨간 장미였다.
셰익스피어

손가락은 어째서 못처럼 끝이 가늘게 생겼는가? 이것은 온당치 못한 말을 들을 때 귓구멍을 틀어막기 위해서이다.

바빌로니아의 율법서

순결한 여인의 눈빛은 맑은 사랑의 별빛과 같다.

테니슨

얼굴은 마음의 거울이며,
말없는 눈은 마음의 비밀을 고백한다.

성 제롬

치아(齒牙)는 멋대로 나오는 말을 제지하는 울타리이다.
A · 겔리우스

아름다운 눈은 침묵을 웅변으로 만들고, 친절한 눈은 반대 의견을 동의하게 만들며, 분노한 눈은 아름다움을 추하게 만든다.
J · 손더즈

얼굴은 마음의 초상*(肖像)이요, 눈은 마음의 밀고자(密告者)이다.
키케로

큰 코는 온화하고, 예의 바르며, 지적(知的)이고, 남자답고, 용감하고, 위대한 사람임을 나타내 준다.
F · 로스탕

사람의 눈은 그가 어떻다 하는 인품(人品)을 나타내고,
사람의 입은 그가 무엇이 될 것인가 하는 가능성을 나타낸다.
골즈워디

그대의 얼굴이 뒤틀려 있다면,
거울을 탓해 보았자 아무런 소용이 없다.
글래드스톤

* 초상(肖像): 그림 따위에 나타낸 사람의 얼굴과 모습.

일찍 자고 일찍 일어나는 것은 사람을 건강하게 하고, 풍부하게 하며 또한 현명하게 한다.
프랭클린

눈은 장전되고 조종된 총과 같이 위협할 수도 있고, 조롱이나 걷어차기처럼 모욕을 줄 수도 있다. 또한 눈은 다른 사람에 대한 친절한 눈길로 마음을 기쁨으로 춤추게 할 수도 있다.
에머슨

입술은 입의 두 짝 문으로서 사용하도록 만들어졌을 뿐이지, 생각(사상)의 일부는 결코 아니다.
J · 릴리

얼굴을 찌푸리는 것은 부자유스러운 일이다. 이것을 자주 되풀이하면 모든 아름다움이 사라지고 나중에는 명랑성을 회복할 수 없을 정도로 완전히 변화되어 버린다.
아우렐리우스

세속적인 얼굴이 장례식 때만큼 속되게 보이는 때는 없다.
엘리어트

남자의 입은 영혼의 입구요,
여자의 입은 애정의 출구(出口)다.
A · 비어스

아름다운 얼굴은, 나의 사랑을 숭고하게 만든다. 아름다운 얼굴은 나의 마음으로부터 저속한 욕망을 없애주기 때문이다.
키케로

눈은 말할 수도 이해할 수도 있다.
채프먼

정신이 눈을 지배하면, 눈은 결코 잘못 된 장소를 보지 않는다.
푸블릴리우스 시루스

훌륭한 외모는
훌륭한 추천장이다.
몽테뉴

인간의 두 손은 정직한 노동을 하라고 만들어졌지,
약탈이나 절도를 하라고 만들어 지지 않았다.
워츠

밖으로 드러나는 것은 믿지 말라.
유베날리스

외모는 대단히 속기 쉽다.
르 사즈

인간의 됨됨이는 그의 마음에서와 같이
그의 안색에서도 명확히 나타난다.
맥도널드

당신이 알다시피 눈은 위대한 침입자(侵入者)이다.
E · 고프먼

눈이 대체로 우리의 지성(知性)을 나타내는 기관(器官)이면,
코는 대체로 어리석음을 나타내는 기관이다.
M · 프루스트

회색의 눈은 교활한 눈이며, 갈색의 눈은 짓궂은 눈이다. 그대의 눈을 나에게 보여 주오. 아, 그 잔물결에 사람이 빠지겠구나! 푸른 눈은 진실한 눈이며, 검은 눈은 신비한 눈이니, 검은 눈은 태양의 섬광과 같이 빛난다! 검은 눈이야 말로 최고의 눈인 것이다.
W · R · 앨저

어떤 여자가 좋은 남편을 가졌느냐 하는 것은
그 여자의 얼굴을 보면 잘 알 수 있다.
괴테

저 사나이의 얼굴을 보라. 현대 세계의 동년배 얼굴을 하고 있지 않은가. 어느 얼굴도 모두 이 세계와 같은 연령이다.
피카소

사람의 얼굴은 하나의 풍경이다. 사람의 얼굴은 한 권의 책이다. 사람의 얼굴은 결코 거짓말을 하지 않는다.
발자크

즐거움에 찬 얼굴은 한 접시의 물로도 연회를 베풀 수 있다.
허버트

말이 없는 표정에도 소리와 말이 있다.
오비디우스

거의 쓰지 않는 손의 촉감이 호사스럽다.
셰익스피어

우리는 과일을 깎기 전에 과일의 겉을 보고 속을 추측하듯이,
우리는 사람을 사귀기 전에 사람의 외모로 사람의 내면을 추측한다.
홈즈

그대의 입술에게 경멸하는 말을 가르치지 마시오. 그대의 입술은 입맞춤하려고 만들어진 것이지 멸시의 말을 하기 위해 만들어진 것이 아니오.

셰익스피어

얼굴은 종종 참다운 마음의 지표(指標)가 된다.

J·하우얼

나는 가장 잘생긴 사람들이 가장 나쁜 사람들이고,
가장 못생긴 사람들이 가장 훌륭한 사람들인 것을 보았다.

파에드루스

우아함과 몸매에 대한 판단력은 마음에서 비롯된다.

라 로슈프코

심리(心理) 전문가의 말에 의하면 눈은 마음의 누설자이다.

와이어트 경

사람이 언제나 보이는 그대로는 아니다.

레싱

인간은 모든 면에서 겉으로 보이는
것보다 훨씬 나은 존재이다.
에머슨

얼굴을 붉히는 것은 불완전한 마음의 표시이다.
위철리

part 9

만족(滿足)과 불만(不滿)에 대하여

Analects of the World

만족(滿足)은 조금씩 조금씩 얻어진다. 그럼에도 불구하고 만족(滿足) 자체는 작은 것이 아니다.

제논

일을 함으로써 사람은 일하는 사람을 안다.

라 퐁텐

모든 재물과 보배 중에서 단 한 가지만을 선택하라고 한다면, 나는 만족을 선택하겠다. 행복을 가짐으로써 부러움을 받는 사람들을 괴롭히고 싶지 않다. 내 마음이 즐거우면 그것으로 충분하다.

아우눌트 · 쉬네트

만족은 부(富)보다 낫다.

몰리에르

자기를 만족시킬 일을 찾지 못한 사람은, 자기가 할 수 있는 일로써 만족할 수밖에 없다. 또한 남을 만족시킨다는 것이 일생을 통해서 몇 번이나 될지 의문이다.

가리이니

만족은 하늘로부터 받은 가장 큰 선물이다.
스위프트

꿈은 만족하지 못한 데서 생긴다.
만족하고 있는 사람은 꿈을 꾸지 않는다.
몽테롤랑

만족하게 살고, 때때로 웃으며,
많이 사랑한 사람이 성공했다.
스탠리 부인

실패는 사람을 독하고, 잔인하게 만든다.
성공은 그 사람의 성격과 인품을 개선한다.
모옴

그들은 지나치게 많이 가지고 있으면서도 여전히 많은 것을 갈망한다. 나는 적게 가지고 있지만, 더 많이 구하지 않는다. 그들은 비록 많이 가지고 있으나 가난하며, 나는 적은 것을 가지고 있으나 부유하다. 그들은 가난하고, 나는 부유하며, 그들은 구걸하고, 나는 준다. 그들은 부족하며, 나는 충분하다. 그들은 애태우지만, 나는 살아간다. 나는 마음의 부자이다.
E · 다이어 경

그대는 그대의 체중이 300파운드에 달하지 않는다고 해서 불만을 느끼지는 않을 것이다. 그렇다면 수명에 있어서도 정한 연령 이상을 살지 못한다고 해서 불만스럽게 생각해서는 안된다. 왜냐하면 그대에게 배당된 실체(實體)의 분량에 그대가 만족을 느끼는 것처럼, 수명에 대해서도 만족을 느껴야 하는 것은 당연하기 때문이다.
아우렐리우스

인간은 다른 사람이 잘못이었다는 것을 입증하지 못하면, 자신이 옳다는 것에 만족하지 못한다.
W · 헤즐리트

불만은 자기 완성의 결핍이요, 의지의 허약함이다.
에머슨

사람들이 만족해 하는 물건은 반은 팔린 것과 같다.
허버트

나는 어떠한 사람으로부터도 지배 받고 싶지 않다. 나 이외에 나를 지배하는 사람이 어디 있을 것인가? 나 자신을 지배하면 자기가 하고 싶은 것을 할 수 있다. 하고 싶은 것을 하는 사람은 즐길 수 있다. 즐길 수 있는 사람은 만족한다. 만족하는 사람은 그 이상 탐내는 것이 없을 것이다. 따라서 어떠한 일이 생겨도 내 마음은 아쉬움이 없다.
세르반테스

하등인은 자주 깔깔거리지만 좀처럼 미소를 띄지 않는 반면,

상등인은 자주 미소를 띄우지만 좀처럼 깔깔거리며 웃지 않는다.

체스티필드 경

웃음은 수상한 모든 것에 대한 가장 현명하고 가장 쉬운 대답이다.

멜빌

자기가 지닌 것을 충분하고 적당한 부(富)라고 생각하지 않는 사람은 불행하다.

에피쿠로스

행복(幸福)하니까 만족(滿足)하지, 만족하니까 행복한 것은 아니다.

W · S · 텐더

만족함을 알면 즐거울 것이요,

탐내기를 힘쓰면 근심이 생기느니라.

명심보감

자기를 만족시킨다는 것은 어렵다.

타인을 만족시킨다는 것은 더 한층 어려운 일이다.

괴테

가장 고상한 마음이 가장 좋은 만족을 가진다.

스펜서

누가 부자인가? 그는 만족하는 자이다.
프랭클린

그대가 만족스러운 마음을 가진다면 인생을 충분히 행복하게 살 수 있을 것이다.
플라우투스

많은 것을 바라는 사람은 언제나 많은 불만을 품는다.
신(神)이 주는 적은 재물로도 충분히 만족하는 사람은 행복하다.
호라티우스

현재의 견해가 이해(理解)를 기초로 하고 있으며,
현재의 행동이 사회적인 복리를 위한 것이고,
현재의 기분이 만물에 대해서 만족하고 있으면,
그것으로 충분하다.
아우렐리우스

남들과의 비교는 커다란 불만을 불러 일으킨다.
리드게이트

사람은 자기 자신을 위해 사는 것보다,
타인을 위해 사는 경우에 보다 큰 만족을 얻는다.
헤르만 헤세

노동에서 건강이, 건강에서 만족이 샘솟는다.

만족은 모든 기쁨의 근원이다.

비티

자기의 행동에 만족하고, 많은 일을 하고서 하나도 후회하는 일이 없는 사람은 진실로 고결한 사람이다.

서양 격언

인간의 대부분은 자기 만족에 지나치게 집착한 결과, 만족을 잃으면 비탄에 빠지고 만다. 그러나 작은 것에 만족하고 결과에 집착하지 않는 사람은 비탄에 빠지지 않는다.

파스칼

자기 만족을 잃게 된 이유를 진정코 아는 사람은 결코 슬퍼하지 않는다.

드라이든

누구든지 만족한 식사 후에는 자신의 이해(利害)에 관련된 사람도 용서할 수 있다.

와일드

진실된 있는 그대로의 너를 보이는 것에 만족하라.

마르티알리스

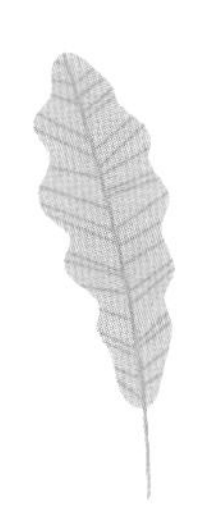

불평은 개인에게도 국가에게도 일보의 진전을 가져온다.
와일드

만족한 사람에게는 부족한 것이 없다.
프랭클린

식탁에서의 즐거움은 음식에 대한 만족과
감사의 마음에서 나온다.
R · 헤리크

만족(滿足)할 줄 알면 즐거워할 것이요,
탐하기를 힘쓰면 근심이 끊이지 않으리라.
경행록

자기 몫에 만족하는 사람이 가장 크고 완전한 부(富)를 갖는다.
푸블릴리우스 시루스

사람의 불만은 가장 나쁜 악(惡)이다.
허버트

무(無)로써도 만족하는 사람은 모든 것을 소유하는 사람이다.
N · 브왈로

네가 가는 길 마지막에는 큰 만족이 있다. 그러나 매사에 처음부터 만족하는 사람은 큰 만족을 얻지 못한다.
류카아르

언제, 어디서든지 만족을 발견하는
마음의 자세를 갖고 있는 것이 좋다.
러스킨

내가 먹을 것은 내가 벌고, 내가 입을 것은 내가 구하고, 아무도 미워하지 않고, 남의 행복을 시기 하지도 않으며, 남의 좋은 일을 기뻐하고, 내 어려움을 극복함으로써 나는 만족한다.
셰익스피어

만족은 부(富)요, 마음의 풍요이다. 그러한 풍요를 찾을 수 있는 사람은 행복하다.
드라이든

자기가 가진 것으로 만족하지 못하는 사람은,
자기가 바라던 것을 가지게 되더라도 역시 만족하지 못한다.
어우에르바흐

part 10

생명(生命)에 대하여

Analects of the World

생명은 죽음의 그림자에 불과하며, 떨어져 나간 영혼은 삶의 그림자에 불과하다. 모든 것은 생명의 이름 아래에 떨어진다. 태양은 신의 환영에 불과하고, 빛은 신의 그림자에 불과하다.
브라운 경

생명에 대한 외경*(畏敬)의 윤리는 상대적인 윤리를 용인하지 않는다. 그것은 생명의 유지와 촉진만을 선(善)으로 인정한다. 생명의 파괴와 손상은 그것이 어떠한 사정 아래 이루어 졌건 모두 악(惡)으로 여겨진다.
슈바이처

* 외경(畏敬): 두려워 하며 공경함.

나는 살려고 하는 생명에 둘러싸인, 살려고 하는 생명이다.

슈바이처

내가 구하는 것은 평화 속의 생명이다.

로맹 롤랑

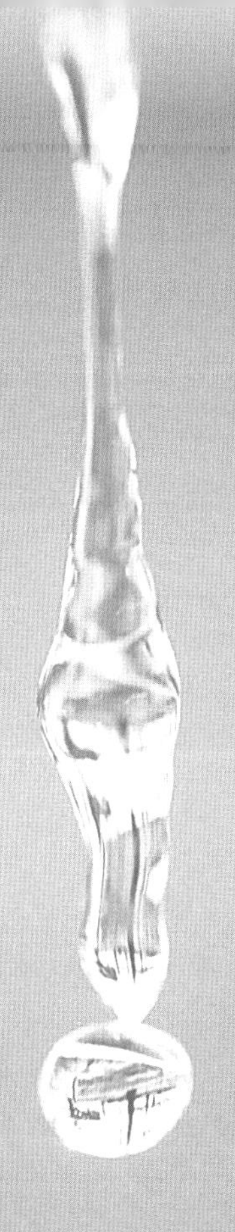

그대의 영혼이 그대 자신을 해치면, 그대는 그대 자신을 존중할 기회를 가지지 못하게 될 것이다. 그대의 영혼이 그대 자신을 존중하지 않고, 오히려 그대의 행복을 타인의 영혼에 맡기고 있는 동안 그대의 생명은 고갈될 형편에 이를 것이다.

아우렐리우스

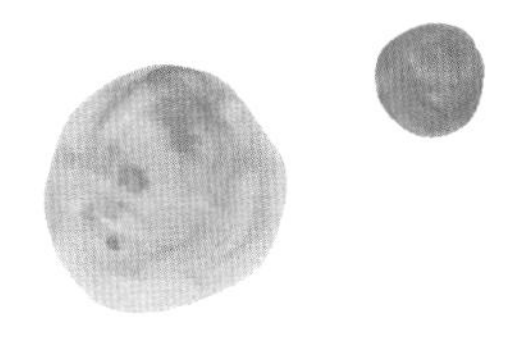

생명만이 신성하다. 생명에 대한 사랑이 제일의 미덕이다.
로맹 롤랑

생명의 단위(單位)는 분리하고 결합하고 보편적으로 되었다가 특수한 것으로 되고, 변화됐다가 고정됐다가 하는 것이 근본 성질이다. 모든 생물은 여러가지 조건 아래서 나타났다가는 사라지고, 응고했다가는 용해되며, 모였다가는 흩어지고, 늘어났다가는 오그라드는 일을 되풀이한다. 더구나 이와 같은 작용은 동일한 시간에 동시에 행하여지며, 무수한 것이 일각을 다투어 서로 밀치고 밀리는 것이다. 생명의 단위에는 발생과 소멸, 창조와 파괴, 탄생과 죽음 그것이 수없이 겹쳐지고 수없이 혼합되어 있다. 그러므로 아무리 특수한 것일지라도 지상에서 생기는 한, 결국 보편자의 비유로써 출현할 뿐이다.
괴테

창조의지가 동시에 파괴의지로써 작용하며, 파괴의지가 동시에 창조의지로써 작용하고 있는 세계 속에서 생명에의 외경을 안고서 살아가는 것은, 나에게는 언제까지나 고통에 찬 수수께끼이다.
슈바이처

생명이 있는 것에 추한 것은 없다. 인간의 감정을 암시하는 것, 비애나 고통, 온화나 분노, 증오와 연모도 모두 각각 미(美)의 각인(刻印)을 지니고 있는 것이다. 그러므로 나는 일체의 존재는 미(美)이며, 일체의 미(美)는 진실이라고 생각한다. 사람은 진실한 것들 중에서 선택할 권리를 갖고 있다.
로댕

생명력이 부족한 마음을 가진 사람들은 세상을 메마른 것으로 본다. 그들은 젊은이들의 가슴을 부풀게 하는 기대, 희망, 고뇌의 떨림을 꿈에도 생각하지 않는다.
로맹 롤랑

대지 전체가, 풍부한 봄과 잠에 들어갈 겨울과의 교체(交替) 리듬에 따르고 있다. 건강한 국민은 생명의 법칙에 대해 노하지 않고, 생명의 법칙을 이해하려고 힘쓴다. 자연의 변화, 그것이 생명이다.
로맹 롤랑

인생을 갱생하려고 마음에 맹세한 바로 그날부터 생명의 불은 다시 켜진다.
로맹 롤랑

신(神)이 우리들에게 절망을 보내는 것은 우리들을 죽이려고 하는 것이 아니라, 우리들에게 새로운 생명을 불러 일으키게 하기 위해서이다.
헤르만 헤세

도대체 왜 나는 생명과 헤어지는 것이 그토록 싫었던가? 아아, 반드시 이 세상 생활 속에는 나에게 이해될 수 없었던 것, 아니 아직도 내가 이해할 수 없는 것이, 무엇인가 있었던 거야.
톨스토이

새로 태어나는 아기의 운명은
한 가정의 흥망을 좌우한다.
미상

결혼 후 아기를 갖지 못해 고민하는 중년 부부의 쓸쓸한 모습과 치유 불가능한 지병을 몸에 안고 태어난 기형아를 가진 부모들의 암울한 얼굴을 우리는 기억한다. 이러한 근심은 '생명' 현상이 우리 인간에게 가져다 주는 가장 가혹한 벌이다.
고서(古書)

우주의 신비는 바로 생명(生命)
현상에서 그 극치를 이룬다.
카알라일

생명, 이것이 곧 영혼이다.
슈바이처

모든 사람이 동등하게 생명을 부여 받고 있다는 것과 스스로 생명을 유지시켜 가고 있다는 것이 우주의 섭리가 평등하게 베풀어지고 있다는 증거이다.
힐티

생명에 대해 경건한 마음을 갖는다는 것은 바로 신(조물주)에 대한 찬미라고 할 수 있다. 왜냐 하면 생명의 창조야말로 신의 유일한 재현(再現)이기 때문이다.

프로스트

이 우주 안에 있는 모든 생명에는 저마다의 신성(神性)이 깃들어 있다.

고리키

신(神)은 자신의 모든 것을 생명 속에 담았다.

잉거솔

생명은 영원한 것이다. 생명은 다른 어떤 것보다도 고귀하고, 깨끗한 것이다.

스펜서

part 11

쾌락(快樂)과 즐거움에 대하여

Analects of the World

진정한 즐거움은 언제든지 인생의 자양분이 된다.
에머슨

과거에 극복한 어려움을 다시 생각한다는 것은 때때로 유쾌한 일이다.
에우리피데스

쾌락은 떨어지는 이슬 방울과 같이 웃는 동안에 없어져 버린다.
타고르

쾌락은 일시적이고, 명예는 영원하다.
디오게네스

우리의 인생에서 순수하고 지속적인 쾌락은 두 가지이다.

그것은 독서(讀書)와 자연의 얼굴이다.

W · 헤즐리트

환락(歡樂)이 없는 인생이란 기름 없는 램프다.

W · 스코트

꿀벌의 꿀은 달지만 꿀벌은 침을 가지고 있다.

C · 허버트

인생의 진정한 즐거움은 자기보다도 더 열등한 사람들에게 봉사하며 사는 것이다.
대커리

쾌락을 사랑하는 자(者)는 쾌락으로 멸망할 것이 틀림 없다.
말로

고통을 주지 않는 것은 쾌락도 주지 못한다.
몽테뉴

모든 일에 있어서 최대의 쾌락 뒤에는 싫증이 온다.
키케로

주름진 피부 밑에서도 우리들의 마음은 젊다.

인생은 우리들이 생각한 것보다 훨씬 더 즐거운 것이다.
A · 랭

쾌락과 사랑은 위대한 행동의 두 날개(원동력)이다.
괴테

나는 맛의 쾌락, 성(性)의 쾌락, 소리의 쾌락, 아름다운 모습이 주는 쾌락을 제쳐놓고 선인(善人)들을 생각할 수 없다.
디오게네스

가시없는 장미는 없다.
J · 레이

즐거움을 기대하는 것은 또 하나의 즐거움이다.
레싱

우선 일하라. 쾌락은 그 다음에 있다.
대커리

쾌락과 행동은 시간을 짧게 느끼게 한다.
셰익스피어

쾌락을 경멸하라. 고통으로 얻은 쾌락은
해로우니라.
호라티우스

그대 자신을 즐겁게 하려면, 그대와 함께 살아가는 사람들의 다음과 같은 미덕을 생각해 볼 일이다. 첫 번째 사람의 눈부신 활동이나, 두 번째 사람의 겸손이나, 세 번째 사람의 관용이나, 네 번째 사람의 봉사를 생각해 볼 일이다. 위와 같은 미덕이 우리와 함께 살아가는 사람들의 행동 속에 풍부하게 나타날 때만큼 우리를 즐겁게 하는 일은 없기 때문이다. 우리는 인생에서 그러한 실례를 우리 눈으로 항상 바라볼 수 있어야 한다.

아우렐리우스

쾌락을 탐함으로써 자신을 벌하지 말라.

식도락*(食道樂)으로 자신을 포만하게 하지 말라.

브라운 경

쾌락은 행복(幸福)하게 사는 시작이요, 끝이다.

에피쿠로스

쾌락은 모든 이성적(理性的) 피조물(被造物)인 인간(人間)의 대상이요, 본분(本分)이며, 목표(目標)이다.

볼테르

쾌락은 우리에게 이따금 오는 방문객이지만,

고통은 우리에게 항상 매달린다.

J · 키츠

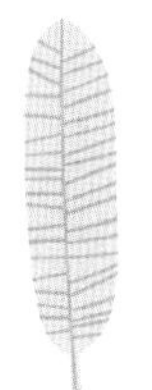

* 식도락(食道樂): 곳곳을 돌아 다니며 여러가지 음식을 맛보는 것을 즐기는 일.

쾌락에 대항하는 것은 현자(賢子)의 행동이요,

쾌락의 노예가 되는 것은 우자의 행동이다.

에픽테토스

후회 없는 쾌락은 없다.

J · 레이

가장 값싼 쾌락을 즐기는 사람이

가장 큰 부자이다.

도로우

향락은 목표가 아니라 중요한 전진적(前進的) 활동에 수반되는 동력이다.

P · 굿먼

쾌락은 고통의 중단 외에 아무것도 아니다.

J · 셀든

우리가 첫째로 싸워야 할 적은 우리의 내부에 들어있다.

세르반테스

가장 짧은 쾌락이 가장 달콤하다.

파커

말하는 즐거움은 숨쉬는 행동과 함께 여자들의 억제 할 수 없는 욕망이다.

A · R · 르 사지

쾌락을 주는 사람은 고난에서 구원을 주는 사람만큼 자비롭다.

G · 무어

즐겁다는 것이 아닌, 즐겁지 않다는 것이 방탕의 어머니다.

니이체

사치는 유혹하는 쾌락이요, 비정상적인 환락이다.

사치의 입에는 꿀이, 사치의 꼬리에는 가시가 있다.

F · 퀄즈

인생의 봄철에 있는 동안 즐겁게 지내라.

세월은 흐르는 물처럼 지나가니 말이다.

오비디우스

장래의 선(善)에 대한 실감(實感)나지 않는 기대(期待)보다도

현재의 확실한 즐거움이 육체에 더 절실(切實)하다.

드라이든

즐거움은 절로 즐거운 것이 아니고,

즐거움을 염려했기 때문에 즐거운 것이다.

강태공

쾌락은 다른 사람과 함께 나눌 때 큰 기쁨을 준다.

쾌락을 혼자서 맛본다는 것은 무의미한 일이다.

D · 크리 소스톰

인생을 해롭게 하는 비애의 감정을 버리고,

인생을 유익하게 하는 즐거운 감정을 가져라.

셰익스피어

눈물은 은총이다. 흘러 내리도록 하라.

H · 헌터

이미 비상한 즐거움을 취했거든,

모름지기 예측할 수 없는 근심에 대비하라.

명심보감

part 12

행동(行動)과 행위(行爲)에 대하여

Analects of the World

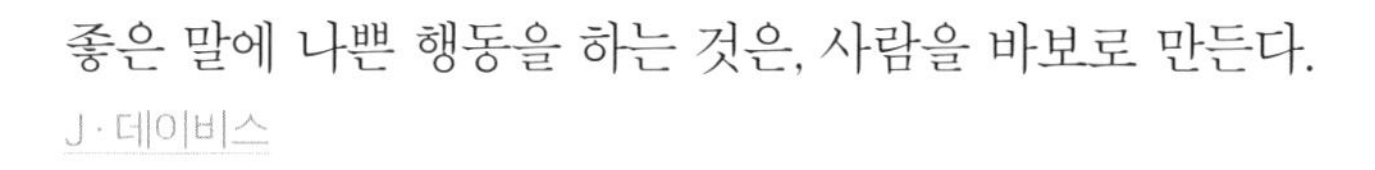

좋은 말에 나쁜 행동을 하는 것은, 사람을 바보로 만든다.
J · 데이비스

모든 사물은 정당한 이유에서 생긴다는 것을 명심하라. 만일 그대가 사물을 깊이 관찰한다면, 그대는 이 사실을 발견하게 될 것이다. 그대는 모든 사물을 계속해서 깊이 관찰해 보라. 그리하여 무엇을 하든지 선인(善人)이 될 것을 목표로 하고 행동해야 한다. 모든 행위에 있어서 이를 깊이 명심하라.
아우렐리우스

말은 달콤하게 하면서, 행동은 원수처럼 하는 이중인격자를 나는 미워한다.
팔라다스

최대다수(最大多數)에게 최대행복(最大幸福)을

주는 그러한 행동이 가장 좋다.

F·허드슨

하늘은 행동(行動)하지 않는 사람을 결코 돕지 않는다.

소포클레스

보편적인 존경의 척도는 인간이 느끼는 것,

생각하는 것이 아니라, 행동하는 것이다.

B·C·리닝

긴장된 실행에서 완성의 평화가,

갈등의 극복에서 승리의 희열이 온다.

W·M·L 제이

모든 개인의 행위에 있어서, 개인의 생활을 훌륭히 질서를 세워 나가도록 하는 것은, 개인의 의무이다. 그리고 그 개인의 행위는 힘이 다하는 데까지 그 의무를 다하면, 충분한 것이다. 아무도 개인의 행위가 각각의 의무를 수행하지 못할 정도로 개인을 막을 수 없다.
아우렐리우스

네가 인생의 모든 행동을 그것이 마지막인 것처럼 행한다면,
너는 헛된 공상에서 벗어나 안식을 찾을 것이다.
아우렐리우스

일과 행동은 사실 그대로인 것이고, 그 결과도 필연적인 것인데, 무엇 때문에 자신을 속이려 하는가?
버틀러 주교

행동은 남성을, 말은 여성을 상징한다.
플로리오

말하는 것은 행동하는 것보다 쉽다.
리비우스

그럴듯한 말과 실제적인 행동 사이에는 커다란 차이가 있다.
허풍떠는 사람치고 행동이 빠른 사람은 거의 없다.
사우드 윌

'인간의 행동은 사고(思考)의
최고 통역자'라고 나는 생각한다.
로크

말만하고 행동하지 않는 사람은, 잡초로 가득찬 정원과 같다.
J·하우얼

남이 해주었으면 하는 바램대로 행동하는 것은,
남을 즐겁게 해주는 가장 확실한 방법이다.
체스터필드

위대한 행동은 위대한 정신을 말해 준다.
플레처

진정 우리의 마음을 알고자 하면,
우리의 행동을 공정하게 관찰하자.
윌슨 주교

나는 속지 않으련다. 또한 나는 일시적인 기쁨(쾌락)을 위해 오랜 세월을 뉘우치며 보내지도 않으련다.
몽테뉴

쾌락이 너무 크면 쾌락은 사라진다.
채프먼

고상한 행동과 따끈한 목욕은 의기소침의 가장 훌륭한 치료약이다.
D · 스미드

알기는 어렵지 않지만, 실천하기는 어렵다.
슈바이처

만약 그대가 잠자리에서 일어나기 싫을 때에는 사회적인 행동을 하는 것은 자기의 본성에 일치하고, 일반적인 인간의 본성에도 일치하지만, 수면은 이성(理性)을 갖지 않은 동물에게도 공통된 것이라고 생각하라.
아우렐리우스

조그마한 일부터 스스로 실천하라.
에픽테토스

행동으로 옮겨지지 않는 생각은 대수로운 것이 아니며,
생각에서 비롯되지 않은 행동도 대수로운 것이 아니다.
베르나노스

쾌락을 찾는 곳에서는 쾌락이 결코 발견되지 않는다.
사무엘·존슨

이 세상의 아름다운 감정을 모두 합친 것이라 할지라도, 단 하나의 아름다운 행동보다는 못하다는 것을, 모든 사람이 본능적으로 느끼고 있다.
로우얼

쾌락이란 미덕을 좀 더 즐겁게 표현한 이름에 지나지 않는다.
영

쾌락은 일종의 죄이다.
바이런

너의 말을 행동으로 증명하라.
세네카

그대의 모든 생각, 모든 말, 모든 행동이 지금 이 순간에라도 인생을 하직할 수 있는 자의 것이 되게 하라.
아우렐리우스

자연의 법칙을 따르고 있는 그대의 모든 언행(言行)은 적합한 것이다. 타인(他人)의 비난으로 말미암아, 또는 타인의 언사에 의해 그대를 의심하거나 주저해서는 안된다. 그러한 사람들은 그들 자신의 독특한 주장을 가지고 있으며, 따라서 그들의 독특한 행동이 여기서 일어나게 된다. 그대는 그것을 염려해서는 안된다. 오직 그대는, 그대 자신의 특성과 공통된 특성에 순응해 나가야 한다.
아우렐리우스

자신의 말을 책임질 줄 모르는 사람은
그 말을 실행하기도 어렵다.
소크트

정당한 행동은, 비방하는 말에 대한 최선의 답변이다.
밀턴

행적은 우리에게서 잊혀지지만 그 결과는 남는다.
오비디우스

만일 너의 정신이 비굴하고 천박하다면 자랑스러운 기사도적 행동을 할 수 없다. 인간의 행동은 어떤 것이건 간에 그의 정신에 근거 하기 때문이다.
데모스테비스

행실은 각자의 이미지로써,

자기를 비춰 보여주는 거울이다.

괴테

생각은 천천히 행동은 재빠르게 하라.

그리이스 격언

쾌락 그 자체는 죄악이 아니다.

사무엘 · 존슨

즐거움이란 부귀(富貴)에 있는 것이 아니라, 덕화(德化)에 있다.

회남자

행동으로 끝맺지 못하는 말은 모두 헛된 것이다.
미상

군자는 입은 무겁게 하고, 행동에 있어서는 민첩하게 한다.
공자

행동을 주의 깊게 하며, 말에 혼동되지 않으며,
생각에 고민하지 말라.
아우렐리우스

돕는 손이 기도하는 입보다 더 성(聖)스럽다.
잉거솔

아름다운 몸매가 아름다운 얼굴보다 낫고, 아름다운 행실이 아름다운 몸매보다 낫다. 아름다운 행실이야말로 예술 중에서 가장 아름다운 것이다.
에머슨

행동이 없는 말은 잡초나 갈대와 같다.
T · 플러

행동은 반드시 행복을 가져 오지는 않았지만,
행동 없이 행복은 없었다.
디즈레일리

오늘의 행위는 내일의 선례가 될 수 있다.

F · 히셀

인간이 행동하는 순간에 의지도 영향력을 가진다. 이것은 항해의 경우에서도 잘 알 수 있다. 움직이지 않고 있는 배는 조종할 수 없는 것이다. 하나의 움직임에 의해서 조종이 가능한 힘이 생기며, 비로소 큰 움직임이 가능하게 된다.

모로아

행동이 인생의 4분의 3이요, 무엇보다도 가장 큰 관심사이다.

아놀드

인간은 행동으로써 자신의 미래를 지배한다.

디즈레일리

인생은 한 마디로 행동이다.
아무것도 하지 않는 것은 곧 죽음이다.

모리스

대중의 마음에 필요한 것은 사상의 총합이며,
행동에 부합하는 사상이다.

로맹 롤랑

말한 것은 꼭 행동으로 옮기는 사람이,

가치있는 사람이다.

엔니우스

인생의 커다란 목적은 지식의 축적,

행동하는 용기에 있다.

T · 혁슬리

나는 많이 보고, 말은 적게 하고,

행동은 신중하게 한다.

헤이우드

행동하라. 그리고 나서 말하라.

공자

원인과 결과는 불가분의 관계를 이루고 있으므로, 이것을 인식할 수 있는 사람이 행동에 대하여, 행위에 대하여 정당한 노선에 서 있는 것이다.

괴테

행동인이야말로 꼭 필요한 사람이며, 우리는 그러한 사람이 없이는 아무것도 하지 못한다. 그리고 우리는 '행동인'의 한계에 우리의 생각이 고정되어선 안된다.

펄 · 벅

인간은 천사도 아니고 짐승도 아니다. 불행한 사실은 천사의 행동을 하면 좋을 사람이 짐승의 행동을 한다는 것이다.

파스칼

강물의 물고기를 보고 탐내지 말고,
집으로 돌아와서 그물을 엮어라.

회 남자

절망으로 시들어 버리지 않기 위해서,
나는 오직 행동하리라.

베니슨

웅변은 대지의 딸이며, 행동은 하늘의 아들이다.

조운즈 경

사람은 다른 사람의 인격을 표현하는 행동에서
자신의 인품이 드러난다.

장 파울

인간 행동의 원인은 다음의 일곱개 중의 하나이다.

기회 · 본성 · 강제 · 습관 · 이성 · 정 · 허망이 그것이다.

아리스토텔레스

모든 행위자는 자신의 행동을 실제로 사랑받는 가치 이상으로 무한히 사랑한다.

니이체

아무리 고상하고 진정한 진리라 할지라도, 실생활에 옮겨지기 전에는 인간을 행복하게 할 수 없다.

H · 벤다이크

확신을 가지고 성공 할 수 있는 것은 대단히 적다.

하지만 확신 없이는 아무것도 할 수 없다.

버틀러

자신은 행동의 모범을 보이지 않고, 타인을 위험한 곳으로 밀어 넣는 선동자를 나는 참을 수 없다. 자신이 행동하지 않는다면, 타인을 위험한 곳으로 밀어 넣지 말라.

로맹 롤랑

그들은 공포의 포로가 되기도 하고, 허영심에 이끌려 다니기도 하고, 기뻐하기도 하고, 성 내기도 하며, 이론을 늘어 놓기도 하면서, 자신들의 행위를 자각하고 있다고 생각하며, 자유의사에 의해 행동하고 있다고 생각하고 있었다. 그러나 그들은 누구나 모두 알지 못하는 사이에 역사의 필연적 도구가 되어, 그들에게는 미지의 사실이지만, 현재의 우리들에게는 이해되는 일체의 동작을 행하고 있는데 지나지 않았다.

톨스토이

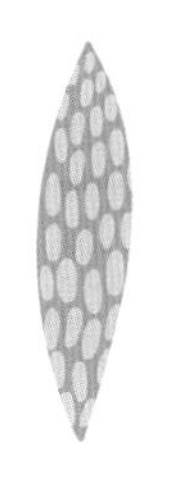

어질고 현명하도다, 회(回)여! 한 그릇의 밥과 한 국자 죽의 보잘것 없는 끼니로써 누추한 곳에 살고 있구나. 다른사람 같으면 견디지 못하였으리라. 그러나 회는 그것을 오히려 즐겁게 여기니 참으로 어질고 현명하도다.

공자

비어있는 그릇을 잡을 때에도 가득 채워진 것을 잡듯이 조심해서 잡으며, 비어 있는 곳에 들어갈 때에도 안에 사람이 있는 듯이 조심해서 들어가야 한다.

내훈(內訓)

군자는 모름지기 간사한 소리나 어지러운 기색을 귀와 눈에 머무르게 하지 않으며, 음란한 노래와 간사하고 바르지 못한 예의를 마음에 접하지 아니한다. 아울러 태만하고 사벽*(邪辟)한 기운을 몸에 붙이지 아니하며, 귀와 눈과 코와 입과 마음과 지혜와 온갖 사람의 바탕들을 모두 순하고 바르게 함으로써, 의(義)를 행하여야 한다.

악기(樂記)

* 사벽(邪辟): 마음이 간사하고 한쪽으로 편향되어 있음.

part **13**

기쁨과 슬픔에 대하여

Analects of the World

남자의 눈물은 상대방에게 고통을 주었다고 생각해서 흘리지만,

여자의 눈물은 상대방을 충분히 괴롭히지 않았다고 생각해서 흘린다.

니이체

남자가 온갖 말을 다하여도,

여자의 한 방울 눈물에는 당하지 못한다.

볼테르

기쁨은 거품과 같다.

베일리

기쁨 뒤에 슬픔이 오는 것이 하늘의 뜻이다.

플라우투스

큰 기쁨에는 울고, 큰 슬픔에는 웃는다.

루소

눈물이 많은 것은 남에게 보이기 위해서이고,
보는 사람이 없으면 눈물은 말라 버린다.

세네카

미인의 눈물은 미인의 미소보다 더 사랑스럽다.

캠벌

인생의 가장 큰 행복일지라도, 인생의 가장 큰 기쁨일지라도 결국에는 사라져 버린다.

괴테

기쁨에는 친구가 있지만, 슬픔에는 고독만이 있다.
B · 네이던

지나간 비애의 추억으로 번민하지 말라.
셰익스피어

현명한 사람은 슬픔도 스승으로 삼는다.
바이런

내게 남겨진 유일하게 좋은 일은, 나도 역시 가끔 울었다는 회상(回想)이다.
뮈세

전사(戰士)의 눈물을 보지 못한 자는, 슬픔에 대해 논하지 말라.
F · 헤먼즈

슬픔에서 아무런 도움을 받지 못하면,

슬퍼한다는 것은 쓸데 없는 일이다.

세네카

어떠한 경우를 막론하고 과도하게 애도하는 것은,

죄악이라고 생각한다.

테니슨

우리에게 눈물을 준 신(神)들은

우리에게 눈물을 흘리는 더 많은 원인을 주었다.

화이트 헤드

웃어 보라, 세상이 너와 함께 웃을 것이요,
울어 보라, 너 혼자 울 것이다.
윌콕스

슬픔은 혼자서 간직할 수 있다. 하지만 기쁨의 충분한 가치를 얻으려면, 누군가와 기쁨을 나누어 가져야 한다.
마크 트웨인

웃음과 눈물은 똑같은 감각의
수레바퀴를 돌린다는 것을 의미한다.
홈즈

우리는 타인의 기쁨에서 우리의 슬픔을 느끼고,
우리는 타인의 슬픔에서 우리의 기쁨을 느낀다.
O·펠덤

순수하고도 완전한 기쁨은 존재하지만,
순수하고도 완전한 슬픔은 존재하지 않는다.
톨스토이

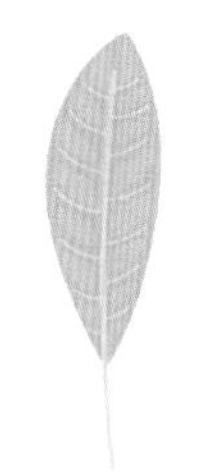

슬픈 사람은 타인(他人)을 슬프게 한다.
생텍쥐페리

비장감(悲壯感)은 제삼자의 눈에 비치나,
괴로워하는 자의 마음에 비장감(悲壯感)은 없다.
에머슨

탄식하되 물러서지 말고, 슬퍼하되 후회하지 말라.
G·크레브

적당한 애도*(哀悼)는 고인(故人)에 대한 의무이지만, 지나친 비탄은 산 사람의 책임이 된다.
셰익스피어

비애*(悲哀)는 이따금 행운을 동반한다.
괴테

기쁨은 초라한 지붕 아래에서 살기 때문에 천국은 대지주(大地主)의 저택이 아니라, 교외의 조그만 집에서 이루어진다.
몰리

* 애도(哀悼): 사람의 죽음을 슬퍼하고 안타까워 함.
* 비애(悲哀): 슬픔과 설움.

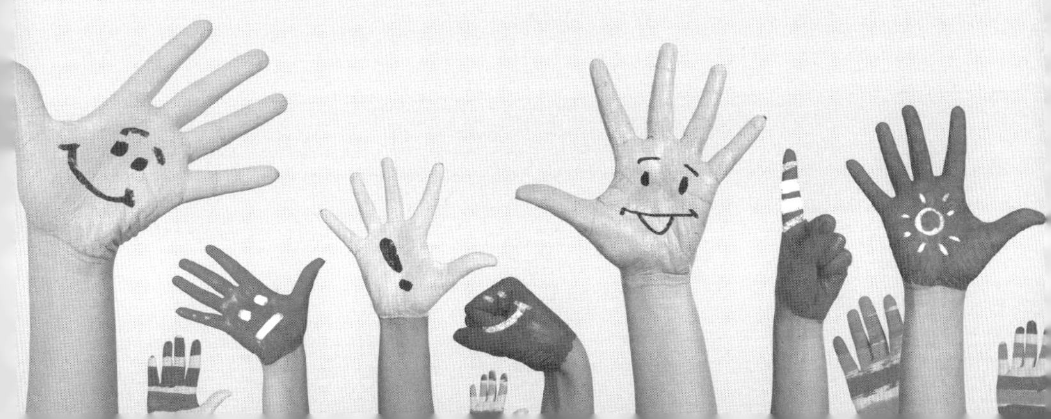

눈물은 사람의 마음이 만들어내는

침묵의 고상한 언어이다.

로버트 헬릭

슬픔에 대한 유일한 치료법은 행동을 하는 일이다.

G·H·류이스

비관론자란 무엇인가? 모든 사람이 자신과 같이 기분이 나쁘다고

생각하며, 타인을 미워하는 인간이다.

버나드 쇼

눈물은 말없는 비탄의 언어다.

볼테르

여자의 눈물에 감동하지 말라.

여자는 눈이 본능적으로 울도록 가르쳐 졌다.

오비디우스

눈물은 마음의 고통을 덜어준다.

장 파울

슬픈 마음이여, 침착하고 탄식을 멈추어라.

구름 뒤에는 햇빛이 빛나고 있다.

롱펠로우

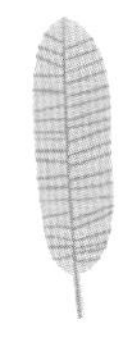

비탄(悲嘆)에 젖어 있는 사람들은 타인도 충분히 그렇게 느끼고 있다고는 결코 생각하지 않는다.

사무엘·존슨

우리의 밤낮은 기쁨과 슬픔으로 엮어져 있다.

말레르브

슬픔 중에는 치료할 수 있는 것도 있다.

셰익스피어

슬픔이 잠자고 있을 때에는 깨우지 말라.

T·플러

슬픈 사람에게는 애달픈 음조가 가장 달콤한 음악이다.

영

누구나 경험하는 많은 재난 중에
가장 큰 것은 슬픔이다.

메난드로스

불공평의 씨를 뿌리는 사람은,
슬픔을 거둬 들일 것이다.

T·플러

다른 사람 몰래 슬퍼하는 사람이 진정으로 슬퍼하는 사람이다.

마르티알리스

위로자의 머리는 결코 아프지 않다.

허버트

이 세상의 기쁨은 완벽하지 않다. 기쁨에는 고통의 맛이 섞여있고,

벌꿀은 쓴 즙을 가미하여 만들어진다.

롤렌하겐

때때로 희노애락의 격렬함은 감정과 함께

실행력까지도 멸망케 한다.

셰익스피어

기쁨에는 괴로움이, 괴로움에는 기쁨이 있다.

괴테

커다란 슬픔은 불행한 자를 변모시키는

신성(神聖)한 광휘*(光輝)이다.

V · 위고

자기의 슬픔을 털어놓는 사람은

자기의 슬픔을 치료하는 약도 잘 찾아낸다.

스펜서

슬픔과 기쁨의 무게는 똑같다.

에머슨

사자(死者)에 대한 슬픔은, 우리들이 이별을 거부

하는 유일한 비애(悲哀)다.

어빙

* 광휘(光輝): 환하고 아름답게 빛남.

슬픔은 지식이다.
바이런

인간이 슬픔을 참는다는 것은 무척 어렵다.
그러나 슬픔을 간직하는 것도 또한 어렵다.
D · 반즈

인간의 마음이란 입에서는 화를 내지만,
눈에서는 웃음을 띈다.
카알라일

우리들은 이 세상에 태어날 때 운다.
그러나 죽을 때는 울지 않는다!
알드리치

주먹으로 때리는 것보다 웃는 얼굴로 위협하라.
셰익스피어

슬픔은 가장 위대한 이상주의자이다.
로우열

계속해서 슬픔에 잠긴다는 것은 위험한 짓이다. 이것은 용기를 빼앗아갈 뿐만 아니라, 회복하려는 의욕마저 잃게 하기 때문이다.
아미엘

세상 사람들의 절반은 타인의 기쁨을 이해할 수 없다.

오스텐

나를 울리려면 먼저 당신 자신이 슬픔을 느껴야 한다.

호라티우스

바쁜 사람은 눈물을 흘릴 시간이 없다.

바이런

금요일에 웃는 자는 토요일에는 운다.

라시느

어떻게 웃을 것인가를 모르는 사람들은

항상 거만하고 자만심이 강하다.

대커리

환락(歡樂)이 극에 달하면 슬픔이 가까이 온다.

셰익스피어

아름다운 장미는 가시 위에 핀다. 슬픔 뒤에는 반드시 기쁨이 있다.
월리엄 스네드

허영심에서 오는 슬픔은 누구도 동정하지 않는다.
사무엘·존슨

기쁨은, 그 과실(果實)에 눈물을 지니는 수목(樹木)이다.
필레몬

기억하고 슬퍼하기 보다는, 잊어버리고 웃는 편이 훨씬 낫다.
C·로세티

처음에 슬퍼 할 때는 위로해 주는 사람이 있지만, 슬픔이 만성이 되면 조소를 받는다.
세네카

인류가 갖는 모든 슬픔 중에서, 가장 견디기 어려운 슬픔은 자기만이 겪는 슬픔이다.
후드

억눌린 슬픔은 질식과 같다.
오비디우스

기쁨은 날개를 달고 멈추지 않고 날아가 버린다.
마르티알리스

슬픔처럼 그렇게 빨리 우리에게 닥쳐오는 것은 없다.

베일리

슬픔이 부러진 뼈를 이어 준 적은 없다.

디킨즈

기쁨의 추억은 이미 기쁨이 아니다.

그러나 슬픔의 추억은 여전히 슬픔이다.

바이런

슬픔은 위로에 의해 보상된다.

셰익스피어

기쁨이 지나치면 웃을 수가 없고, 슬픔이 지나치면 울 수가 없다.

폴로크

현재의 역경(逆境)에서 행복했던 시절을

기억해 내는 것보다 더 큰 슬픔은 없다.

단테

눈물은 마음의 고상한 언어다,

헤리크

우리들이 재난을 당해 괴로워하고 있을 때, 우리들에게 분별없이 귀찮게 달려드는 위로는 우리들의 괴로움을 배가시킬 뿐만 아니라, 우리들의 슬픔을 더욱 격렬하게 해줄 뿐이다.
루소

뒷방패가 되어 자신을 수호해 주는 자를 지니지 않고, 주의 은총의 손을 뿌리치며, 멋대로 자신을 광야에 내던진 자에겐 우수*(憂愁)가 있다.
괴테

슬픔을 나누면 반으로 줄고,
기쁨을 나누면 배로 늘어 난다.
J · 레이

슬픔이 진리를 깨우쳐 주는 것과 같이
밤은 별빛을 가져다 준다.
베일리

지나간 슬픔에 대해서 새 눈물을 낭비하지 말라.
에우리피데스

* 우수(憂愁): 마음이나 분위기가 시름에 쌓인 상태.

우리들이 어찌하여 미리 슬픔을 걱정해야 하는가? 그것은 마치 죽음이 두려워서 죽는 사람과 같이 부질없는 일이다.
데님 경

노인의 얼굴에 보이는 상쾌한 기운만큼 아름다운 것은 없다.
리히더

슬픔은 가장 튼튼한 마음을 지닌 사람들에게도 마음의 동요를 가져 온다.
소포클레스

슬픔에서 해방된 인생을 살고 싶으면 지금 일어나려고 하는 일을 이미 일어난 일과 같이 생각하자.
에픽테토스

우울이란 제군들이 생각하는 것처럼 육체의 병이 아니라 마음의 병이다.
J · 포오드

가장 오래 가는 슬픔일지라도 결국 탈출구를 찾는다.
로울린

다른 사람에게 동조하여 슬피 울지 말고 격정을 일으키지 말라.
아우렐리우스

때때로 슬픔 그 자체는 약이다.
W · 코우퍼

가벼운 슬픔은 수다스럽게 만들고,
커다란 슬픔은 벙어리로 만든다.
세네카

슬픔의 홍수(洪水)는 더 불어날 수
없을 때, 줄어든다.
베이컨

슬픔은 도를 넘지 말고,
행복과 균형을 이루어야 한다.
유베날리스

슬픔이 있는 곳에는 언제나 구원이 있다.
셰익스피어

쓸데없고 희망 없는 슬픔 속에는 지혜가 없다. 하지만 슬픔의 극복에는 정화와 같은 그 무엇이 있어서 전혀 슬픔을 모르는 사람은 성숙할 수가 없다.

사무엘·존슨

어떤 사람은 슬픔을 딛고 서고, 어떤 사람은 슬픔의 밑에 깔린다.

에머슨

우리들 성숙의 대부분은 고난을 겪는 동안에 완성된다.

영

하늘이 치료할 수 없는 슬픔은 땅에 없다.

무어

슬픔은 무엇보다도 좋은 친구이며,

사람에게 엄청난 힘을 준다.

로맹 롤랑

진정한 슬픔은 괴로움의 지주*(支柱)이다.

아이스킬루스

* 지주(支柱): 정신적 사상적으로 든든히 받쳐주는 사람이나 힘을 비유적으로 이르는 말.

기쁨은 인생의 요소이고, 욕구이고, 힘이고, 가치이다. 인간은 인생에서 누구나 기쁨의 욕구를 가지고 기쁨을 요구할 권리를 가지고 있다.
케플러

네가 잘 했을 때 외에는 절대로 기뻐하지 말라.
토마스 아 켐피스

천천히 오는 기쁨이 천천히 떠난다.
베이츠

눈물은 아무리 막으려 해도 흘러내린다.
눈물은 흘러내림으로써 영혼을 진정시킨다.
세네카

지나간 기쁨을 자신에게 묶어 두는 사람은 인생이 퇴보한다. 그러나 기쁨이 날아갈 때 기쁨에 키스하는 사람은 영원히 인생에서 새로운 기쁨을 맞이 한다.
블레이크

네가 기뻐서 껑충껑충 뛸 때,
네 발 밑에 사람이 없는가 주의하라.
S · 레크

큰 기쁨은 큰 슬픔처럼 말이 없는 법이다.

S·마이언

슬픔은 일시적인 고통이다. 슬픔에 오랫동안 잠기는 것은 인생의 커다란 실수이다.

더즈레일리

누가 재산을 잃어 슬퍼하는 모습을 보면, 이 사람은 외부에 재산을 잃어버렸기 때문에 불행하다고 생각해서는 안 된다. 그를 괴롭히는 것은, 재산을 상실한 자체가 아니라, (이유는, 많은 다른 사람들은 이 때문에 괴로움을 당하지 않을 테니까) 오히려 그 재산에 대하여 갖고 있는 소유 관념에 의해 괴로움을 당하는 것이다고 생각하는 것이 이치에 합당하다.

에픽테토스

part 14

양심(良心)에 대하여

Analects of the World

양심(良心)은 인생의 완전한 해설자이다.

K·바드

너의 양심은 무엇을 말하고 있는가?

본래의 네 자신이 되라.

니이체

모든 기만 중에서, 제일이자

최악의 기만은 자기 기만이다.

베일리

맑은 양심은 변명이 필요 없다.

프로이드

양심은 영원하여 결코 죽지 않는다.
루터

바다보다도 웅대한 광경이 있다. 그것은 하늘이다.
하늘보다도 웅대한 광경이 있다. 그것은 양심이다.
위고

꺼림칙한 양심은 악마가 생각해 낸 것이다.
슈바이처

양심은 우리의 내부에서 작용하고 있는 특정한 욕망에 대한 거부의 내적지각(內的知覺)이다.
프로이드

양심의 지상명령(至上命令)은 네 의지가 명하는대로 행동하며, 동시에 보편적인 법칙의 규범에 의해서만 행동하라는 것이다.

칸트

오 비겁한 양심이여, 참으로 나를 괴롭히는구나!

셰익스피어

양심은 현존 사회 질서의 개조를 위한 적극적 수단으로써의 회전축(回轉軸)이 될 때, 비로소 의미있는 것이다.

듀이

밤하늘에 반짝이는 별들과 나의 가슴 속에 빛나는 양심은 생각하면 생각할수록 언제나 새로운 감탄과 경건한 마음을 일으켜 주는 요소이다.

칸트

양심에 어긋나는 일을 한다는 것은
안전하지도 않거니와 신중하지도 못하다.

루터

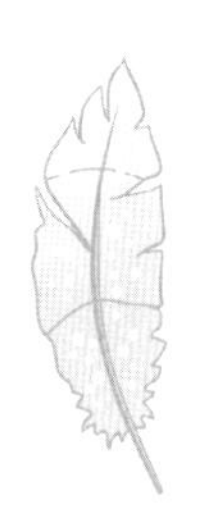

맑은 양심은 어떠한 고통도 능히 견딜 수 있다.

T · 플러

선한 양심은 부드러운 베개이다.
J · 레이

나의 양심과 함께 홀로 앉아 있는 것이
나에게는 충분한 재판이 될 것이다.
C · W · 스터브스

나의 행위는 나의 양심(良心)의 결과다.
아리스토텔레스

우리가 갈등을 점점 더 깊이 체험할 때,
우리는 진리 속에 있어야 한다.
슈바이처

조용한 양심은 사람을 그토록 평온하게 만드는데!
바이런

사회는 양심 위에 서 있는 것이지,
과학 위에 서 있는 것이 아니다.
아미엘

양심 가책의 시작은,
새로운 생명 탄생의 시작이다.
G · 엘리어트

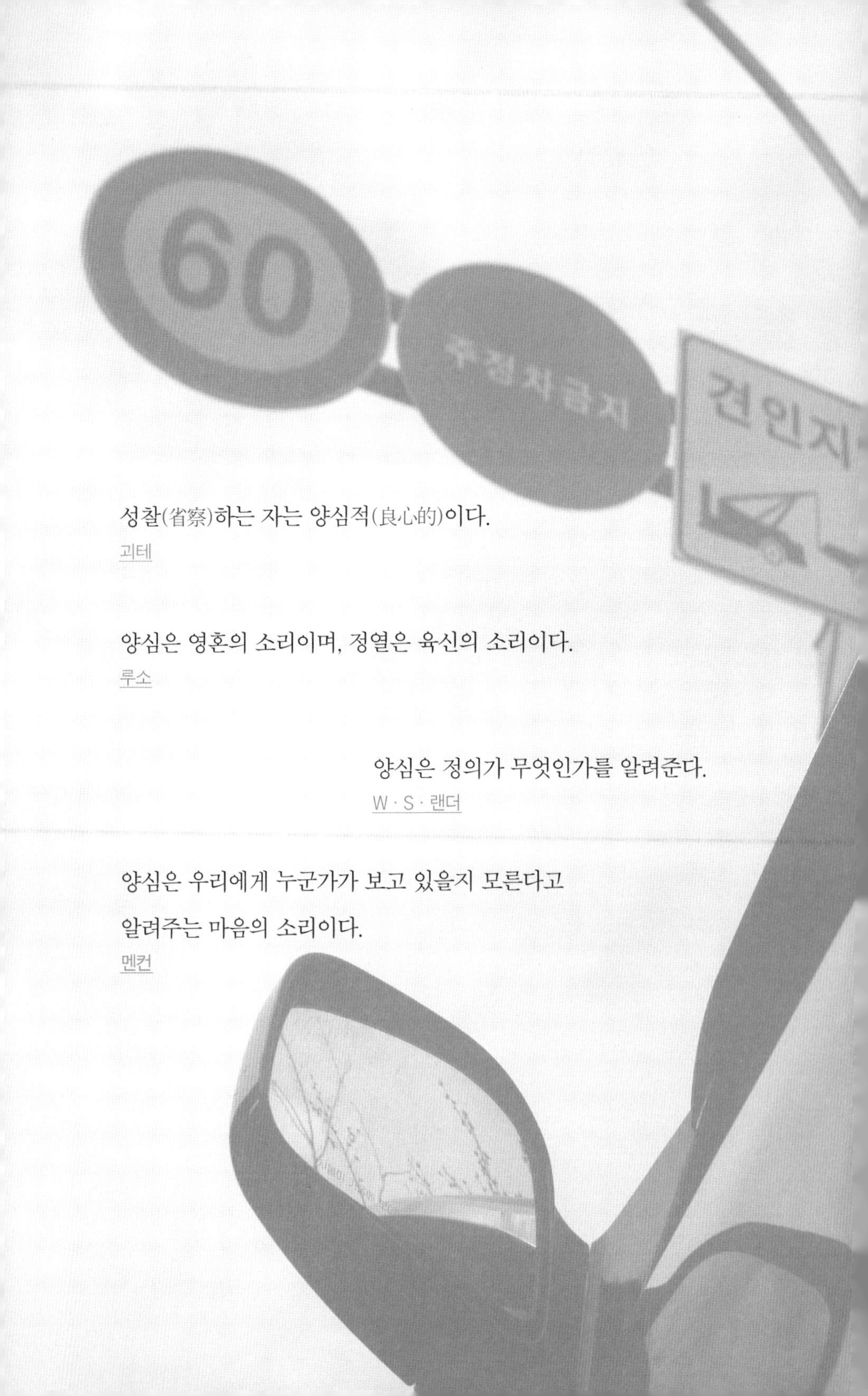

성찰(省察)하는 자는 양심적(良心的)이다.

괴테

양심은 영혼의 소리이며, 정열은 육신의 소리이다.

루소

양심은 정의가 무엇인가를 알려준다.

W · S · 랜더

양심은 우리에게 누군가가 보고 있을지 모른다고
알려주는 마음의 소리이다.

멘컨

한 번 팔렸던 양심은 두 번 팔릴 수 있다.

N · 비너

남의 죄를 말할 때마다,

너 자신의 양심에게 먼저 말하라.

프랭클린

양심이 없는 사람에게는 어떠한 일도 맡기지 말라.

L · 스턴

양심은 자기 자신으로부터 발생하고,

평판은 다른 사람으로부터 발생한다.

성

양심! 양심! 신성한 본능이여. 불멸의 하느님의 소리여. 그러나 지성을 지닌 자유로운 존재에 대한 확고한 안내자여. 선악의 사심 없는 심판자여. 인간으로 하여금 신을 닮게 하려는 자여, 그대야말로 인간 본성의 우수성과 인간 행위의 도덕성을 탄생시키는 자이다.

루소

양심이란 우리 내부의 특정한 욕망, 충동,

좌절을 내적으로 감지하는 것이다.

프로이드

양심은 신(神)만이, 재판관이 되어 들어갈 수 있는 신성한 신전이다.
라무네

오오, 양심이여! 양심이여! 인간의 가장 충실한 벗이여!
크라브

양심은 인간의 본능에서 우러나오는 것이 아니다. 어디까지나 배우고 가르치는 것이다. 교육의 가장 중요한 목적은 불안한 인간의 양심을 어떻게 키워 주느냐에 있다. 그리고 어른들 자신도 양심을 키워나가지 않고서는 안정된 마음과 행복한 생활을 얻지 못한다.
구울드

part **15**

역사와 문명에 대하여

Analects of the World

역사란, 인간의 기억과 시간이 기록한 전설시이다.
셸리

역사작품을 잘 쓰는 비결은 무시해야할
사항을 잘 아는 데 있다.
브라이스

죄는 역사에 기록되고, 선(善)은 침묵을 지킨다.
괴테

역사는 정화(淨化)된 경험이다.
로우엘

역사는 시대의 증인이요, 역사는 진실의 등불이다.
키케로

역사란 과거의 정치요,
정치는 현재의 역사다.
J · R · 실리 경

인류역사는 본질적으로 사상사다.
웰즈

역사가는 미래의 예언가이다.
실레겔

역사로써 어떤 사건의 진실을 정의하기는 매우 어렵다.
플루타르쿠스

누구나 역사의 주인공이다.

그러나 역사를 쓸 수 있는 것은 위대한 인간 뿐이다.

와일드

왕은 역사의 노예이다.

톨스토이

역사의 효용(效用)은 현재 해야 될

일에 가치를 부여하는 것이다.

에머슨

역사를 인식 하는 것은 과거에서
벗어나는 하나의 방법이다.
괴테

역사는 미래(未來)를 가르쳐 준다.
라마르틴

역사란 합(合)을 전제로 한 이야기이다.
나폴레옹

역사가는 첫째로, 허위를 말해서는 안된다. 둘째로, 진실을 억압해서는 안된다. 세째로, 그의 저술 속에 편견과 악의의 기미가 있어서는 안된다.
키케로

모든 인간의 역사를 만드는 이 힘의 운동들에는 명백히 반복의 요소가 포함되어 있다. 그러나 끊임없이 좌우로 왕복하면서 '시간'의 베틀 위를 나는 듯이 왔다 갔다하는 역사는 동일한 무늬의 반복이 아니라 명백히 발전이 있는 문직*(紋織)을 계속 짜고 있다.
토인비

* 문직(紋織): 무늬가 돋아 나오게 짠 천.

이 세상 대사건(大事件)의 역사는,

범죄의 역사에 지나지 않는다.

볼테르

역사는 인간을 현명하게 만들고, 시는 인간을 재치있게 만들고, 윤리학은 인간을 위엄있게 만들고, 논리학과 수사학은 인간을 싸울 수 있게 만든다.

베이컨

초자연적인 현상이 나타날 때 역사가는

이 현상을 거부해서는 안된다.

A·프랑스

한 세대의 문명은 다음 세대의 밑거름이 된다.

C·코울치

역사는 되풀이 된다.

투키디데스

역사란 대중이 믿는 바를 구체적으로 실현한 것이다.

파이어트

역사에서 배울 줄 모르는 자는,

모르는 그대로 어둠속에 머물라.

괴테

역사는 결정론(決定論)을 싫어 하지만,

요행을 허용하지도 않는다.

B·디 보토우

역사는 실례(實例)로써 가르치는 철학이다.

디오니시루스

문명이란 예의 바른 사람을 만드는 것이다.

러스킨

인간은 사물의 처음을 찾는 것으로써 그 다음을 알게 된다. 역사가는 뒤돌아보는 것으로써 사물을 관찰한다.

니이체

역사는 정확하고, 충실하고, 공평해야 한다. 어떤 이익과 손해도, 사랑과 미움도, 역사가가 진실의 길을 벗어나도록 해서는 안된다.

세르반테스

역사란 소문을 증류*(蒸溜)시킨 것이다.
카알라일

문화에 참을성 있게 귀를 기울이고서도 개화되지 않을 만큼 야만적인 사람은 없다.
호라티우스

인간의 야만성은 근절될 수 없다.
도루우

문화는 충동의 포기를 토대로 해서 다져졌으며,
문화는 강한 충동의 불만족을 전제로 하고 있다.
프로이드

원시적으로 되려는 갈망은, 문명의 병리 현상이다.
G · 산타야나

예수는 울었다. 볼테르는 웃었다. 신(神)의 눈물과 인간의 기쁨으로써 문명의 아름다움이 이루어진 것이다.
위고

* 증류(蒸溜): 액체를 가열하여 기체로 만들었다가 그것을 다시 냉각시켜 다시 액체로 만드는 일.

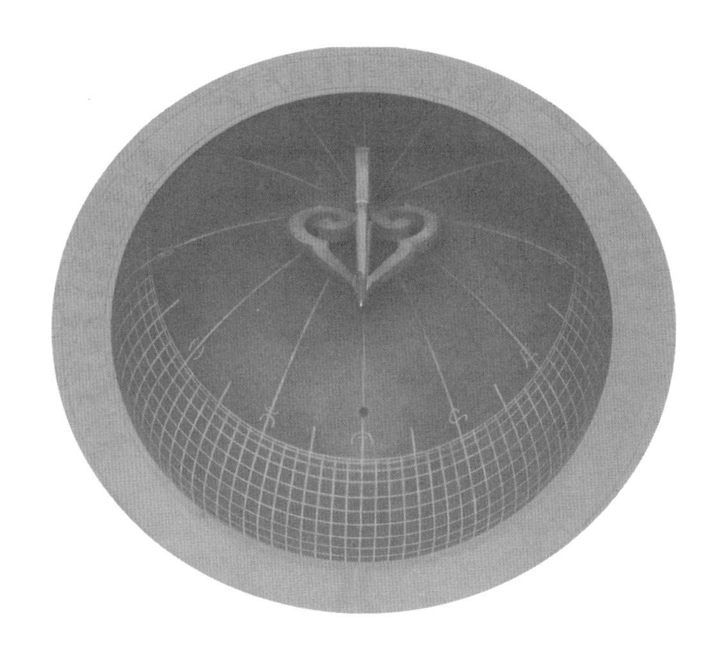

어떤 사람이 생각하는 인간인가?, 사고가 자유로운 인간인가? 하는 판단 기준이 그 사람의 문화력을 측정하는 기준이다.

슈바이처

문명이란, 무한하고 질서없는 이질성으로부터 뚜렷하고 질서있는 동질성으로 향하는 발전이다.

스펜서

문명이란 극히 소수 사람들의 인격과 의사에 의해서 수립되고 교묘하게 만들어져서 교활하게 보전되는 규칙과 관습에 의해서만 유지되는, 얄팍하고 미덥지 않은 외피(外皮)와 같은 것임을 깨닫지 못했었다.

케인즈

문명은 인간이 필요로 하는 것 위에 건설되는 것이지,
단지 인간을 위해서 건설되지 않는다.

생텍쥐페리

오늘날의 세계적인 과학 기술은 세계지배이거나,
세계자살을 의미한다.

M · 러너

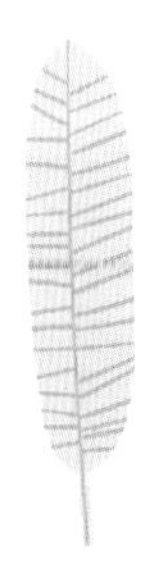

문명인이 문명인 일 수 있는 것은 그들의 타고난 천성에 의한 것이 아니다. 그가 참여하고 있는 문화에 의한 것이다. 그리고 문화적 성질의 궁극적 척도가 되는 것은 문화속에 번영하고 있는 예술이다.

듀이

문화는 몰락해 가고 있다. 이런 사태는 전쟁에 의해서 야기된 것이 아니라 전쟁 그 자체도 문화 몰락 사태의 한 발현에 지나지 않는다.

슈바이처

문화라는 것이 인간의 생애에 대단히 큰 희생을 요구한다면, 문화 속에서 사는 인간이 행복감을 느끼기는 어렵다.
프로이드

사색하는 인간은 세계관에 따라서 성숙한 인격을 완성할 사명을 지니고 있다.
슈바이처

문화는 소유와 휴식에서가 아니라,
성장과 형성에서 완전성의 특징을 갖춘다.
M · 아놀드

참다운 문명이란, 사람마다 자기 권리를 주장할 수 있는 자유를 주는데 있다.

잉거솔

인간은 윤리적 갈등 속에서도 주체적인 결단을 내릴 수 있다.

슈바이처

문명(文明)은 부(富)를 낳는다.

H·W·비처

지적 호기심은 문명의 진정한 활력소이다.

트리벨리언

문화의 갱신은 개개인이 사회 속에서 윤리적 인격으로써 자기 주장을 하는 것에 의해서 비로소 가능하게 된다.

슈바이처

part 16

칭찬(稱讚)에 대하여

Analects of the World

찬사는 밑천을 들이지 않지만, 많은 사람들이 그 댓가(代價)를 값비싸게 받는다.

T · 플러

누구나 자기가 만든 물건을 칭찬한다.

J · 레이

스스로 칭찬하는 사람은, 자기를 비웃는 다른 사람을 발견하게 될 것이다.

푸블릴리우스 시루스

감탄은 무의식적인 칭찬이다.

영

인간은 타인을 칭찬함으로써 자기가 낮아지는 것이 아니다.

도리어 자기를 상대방과 같은 위치에 놓는 것이 된다.

괴테

아첨받아 즐거워하는 사람들은,

자기들의 어리석음을 나중에 후회로써 보상한다.

파에드루스

내 사람을 대함에 있어 누구를 흉보고 누구를 칭찬하랴. 그러나 어떤 사람을 칭찬할 경우에는 먼저 그를 시험해 본 다음에라야 하라.
공자

면전(面前)에서 즐겨 남을 칭찬하는 사람은 또한 뒤로 돌아 즐겨 남을 헐뜯는다.
장자

칭찬은 선량한 사람들을 더 착하게 만들고,
나쁜 사람들을 더 나쁘게 만든다.
T · 플러

사람은 새로운 칭찬이 생기지 않으면
이전에 받은 칭찬까지도 잊어 먹는다.
푸블릴리우스 시루스

칭찬이 당연히 우리에게 돌아와야 될 것이라도,
칭찬이 가치 있는 것이 되려면 자발적인 칭찬이어야 한다.
C · 시버

사람의 칭찬은 일부분만이 그의 면전(面前)에서 말해지고,
대부분은 그가 없는 곳에서 말해져야 한다.
바빌로니아 법률서

늑대가 개처럼 보이는 것과 같이, 아첨꾼은 친구처럼 보인다.

체프먼

아무리 겸손한 사람이라 할지라도,

자기에 대한 찬사를 들으면 즐거움을 가지게 마련이다.

파퀴

바보를 칭찬하는 것은, 바보의 어리석음에 물을 주는 것이다.

W · G · 베넘

사람들은 자기 자신과 동일한 시대에 살면서, 자기들과 함께 살고 있는 사람들을 좀처럼 칭찬하고 싶어하지 않는다. 그리고 자기가 아직 보지 못했으며, 또한 결코 볼 수도 없는 후세의 사람들에게서 칭찬을 받는 것에 커다란 가치를 두고 있다.

아우렐리우스

감히 어떠한 여자가 찬미의 힘을 이겨내리오?

J · 게이

세상 사람들이 너에게 갈채 보낼 때를 가장 조심하라. 그것은 가끔 올가미보다도 더 위험하다.

영

내가 이 세상에 살아 있는 동안 신은 나에게 많은 것을 주지 않았지만, 여러 사람 앞에서 신을 찬송하는 것은 나의 일과이다.

에픽테토스

다른 사람들이 우리를 칭찬하게 하는 유일한 방법은,
우리가 칭찬받도록 행동하는 것이다.

볼테르

모든 아첨을 적당한 때에 물리치는 법을 배우라.
칭찬이 아닌 아첨은 죄악의 보모이기 때문이다.
J · 게이

나를 좋게 말하면서 나를 믿지 않는 사람이면,
나도 그를 칭송하되 그를 믿지는 않을 것이다.
J · 레이

아버지가 아들의 중매를 서지 않는 것은 아버지가 자기 자식을 칭찬하는 것보다, 다른 사람이 자기 자식을 칭찬하는 것이 더욱 효과가 있기 때문이다.
장자

밤에는 낮을 찬양하라. 그리고 인생(人生)의 최후에는 인생(人生)을 찬양하라.
허버트

단 한 사람의 갈채와 칭찬이 모든 사람에게 중요한 결과를 낳는다.

사무엘 · 존슨

무엇보다도 칭찬은 우리에게 가장 좋은 식사이다.
S · 스미드

때로는 책망이 칭찬보다 더 안전하다.

에머슨

칭찬 받기보다 칭찬하기를 즐겨하라. 칭찬 받기를 원하여 남으로부터 칭찬을 받았다 한들 그것이 무슨 의의가 있겠는가? 그대의 행동이 남으로부터 칭찬 받을 수 있는 공(功)이 있었다면, 칭찬 따위는 사실 번거로운 잡음에 불과할 것이다.

한비자

크게 애태우는 것보다 약간 책망받는 것이 더 낫다.

셰익스피어

진실성이 결여된 칭찬은 칭찬이 아니라 아첨일 뿐이다.

위고

칭찬은 때로는 삶의 활력소가 되기도 하지만,
때로는 방심하여 추진력을 잃게 만든다.
프랭클린

칭찬을 받았거든 더욱 겸손하게 행동하라.
공자

자식을 참으로 사랑하거든 칭찬보다는 격려를, 격려보다는 채찍을 가해라. 칭찬은 사람을 주저앉게 만들며, 격려는 사람을 걸어가게 만들고, 채찍은 사람을 달려가게 만든다.
장 파울

칭찬 받았을 때 우쭐대는 사람은
칭찬받을 자격이 없는 사람이다.
프로스트

part 17

정치(政治)에 대하여

Analects of the World

정치인은 줄타기 곡예사이다.

M·바레스

정치인은 자기가 말한 것을 결코 믿지 않으므로 타인이 자기가 한 말을 믿으면 놀란다.

C·드골

모든 정치적 행동의 비극은, 완벽한 해결 방법이 없다는 것이다. 양자택일의 경우에도 이성적인 일관성 또는 도덕적인 엄격성이 결여된다. 어떤 것을 택하든 누구에게인가는 해(害)를 끼친다.

J·졸

정치인은 강(江)이 없는 곳에도

다리를 건설해 준다고 약속한다.

N · 후루시초프

민주주의는 변화와 질서로 가득찬, 세상의 모든 사람에게 똑같이 평등을 분배해주는 매력적인 통치 형태이다.

플라톤

민주주의란 국민 모두의 , 국민 모두를 위하여, 국민 모두에 의해 직접 자치(自治)하는 것이다.

T · 파커

국민은 절대로 두 번 용서 하지 않는다.

J·K·라바터

민족주의는 자신의 거름더미 위에서 활개치는 어리석은 수탉이다.

R·울딩턴

민주주의 제도 하에서 한 사람 유권자의 무지는 모든 사람의 자유와 번영을 손상시킨다.

케네디

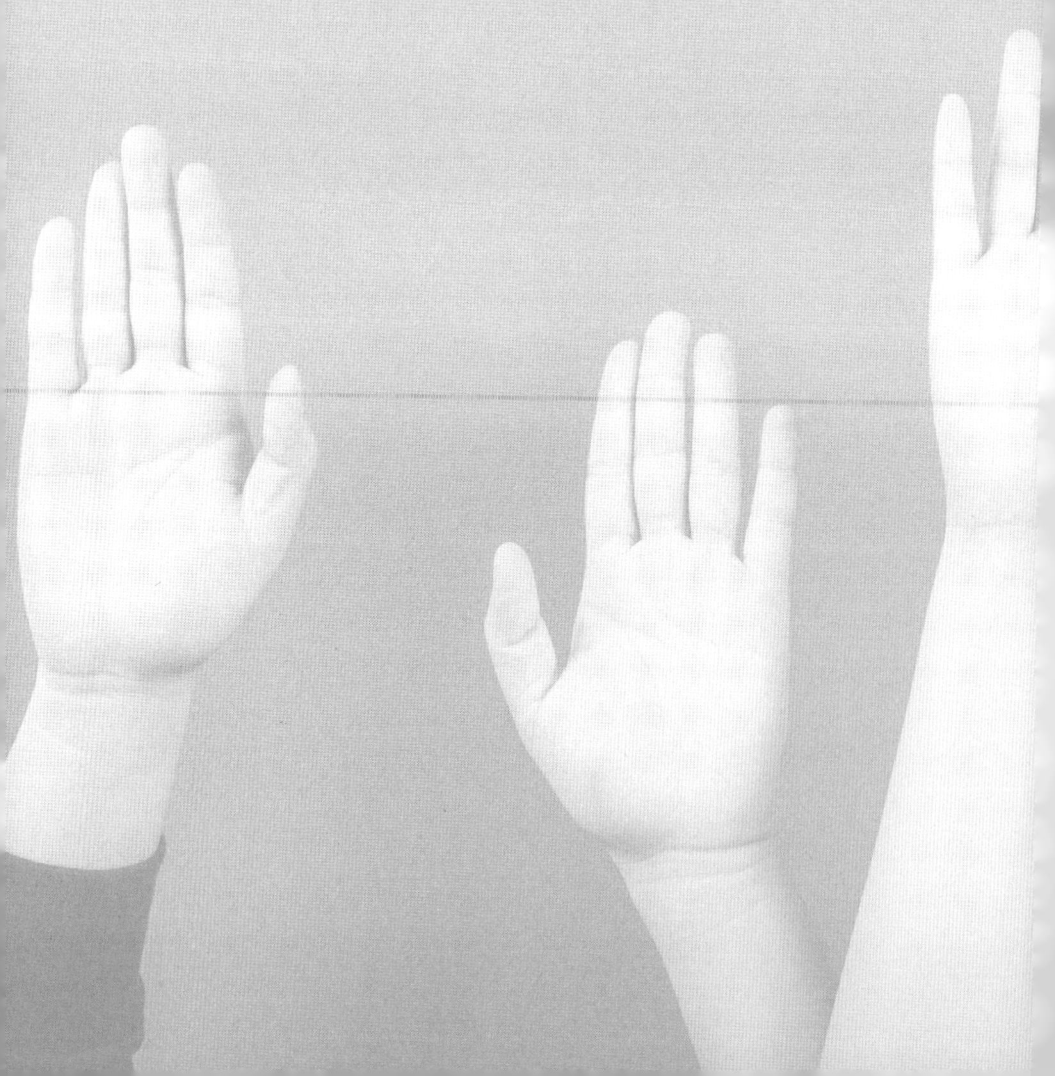

사람들은 두 가지 부류로 분류 되어 진다. 첫째는 대중을 두려워하고 불신(不信)하여 대중으로부터 모든 권리를 끌어 내어 높은 층의 손에 쥐어 주기를 원하는 사람들이고, 둘째는 자신을 대중과 동일시(同一視)하고, 대중을 신뢰하며 대중의 이익을 가장 정직하고 안전한 보관소로 여기고 사랑하는 사람들이다. 모든 나라에서는 이처럼 두 가지 부류의 사람들이 존재한다. 사람들이 자유롭게 생각하고, 말하고, 행동 하고 있는 나라에서는 사람들이 스스로 책임과 의무를 다 할 것이다.

제퍼슨

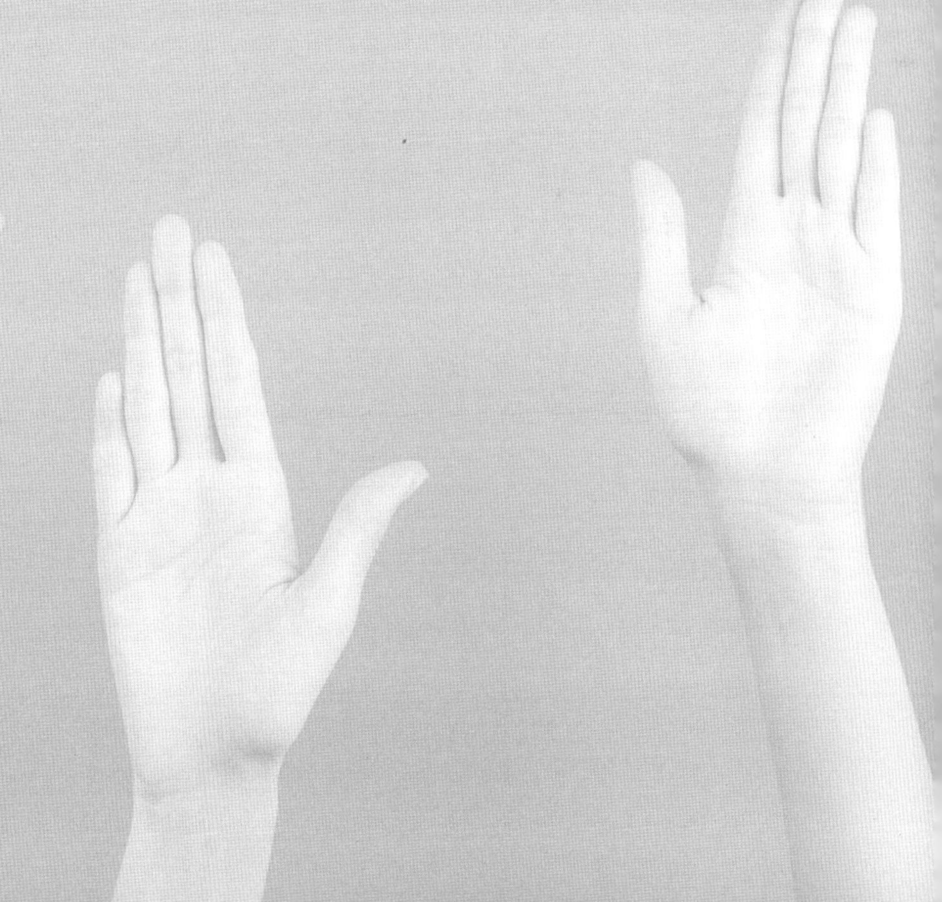

민주주의는 무엇 보다 우수한 통치형태(統治形態)이다. 민주주의는 인간을 이성적 존재로써 존경하는데 기초하기 때문이다.
케네디

현대정치(現代政治)는 근본에서 보면 권력에의 투쟁이다.
H · B · 애덤즈

정치는 한 사회를 도우며, 좋은 장래를 낳게 하는 산파역이어야 한다. 정치의 역할은 산모와 아기를 구하는 일이다.
모로아

가장 적게 공약(公約)하는 사람에게 투표하라. 그가 가장 적게 실망시킬 것이다.
B · 바루크

이 나라 민주시민으로써, 당신들은 통치자인 동시에 피통치자이며, 입법자인 동시에 준법자이며, 시작인 동시에 끝이다.
스티븐슨

명령하기 전에 복종하기를 배우라.
솔론

상냥하게 말하는 가운데, 커다란 숨겨진 힘이 있다.

허버트

신(神)의 백성이 있다면, 그들의 정부(政府)는 민주적일 것이다. 그러나 그렇게 완전한 정부는 인간의 것이 아니다.

루소

민주주의에 갈채를 보낸다. 하나는 민주주의가 다양성을 용인하기 때문이요, 또 하나는 민주주의가 비판을 허락하기 때문이다.

E · M · 포스터

최상의 정부란 무엇이냐? 우리들 자신을 다스리는 법을 우리들에게 가르쳐 주는 정부다.

괴테

권세가와 손잡는 것은 결코 안전하지 않다.

파에드루스

과거에는 제왕(帝王)에게 아첨함을 배워야 했던 정치인이 이제는 유권자를 뇌살하고, 놀라게 하며, 감언이설하고, 허풍떨고, 경탄시키는 방법이 아닌, 유권자의 마음과 환심을 얻는 방법을 배워야 한다.

버나드 · 쇼

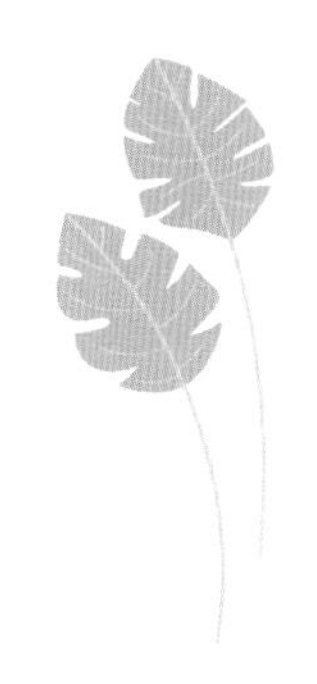

국민들로 하여금 그들이 통치한다고 생각하게 하라. 그러면 그들이 통치받을 것이다.
W · 펜

공산주의자에 대한 반대 이유는, 늘 공산주의자는 신사(紳士)가 아니라는 사실로 귀착된다.
H · L · 멘켄

효과적인 정부의 기초는, 대중의 신뢰를 바탕으로 한다.
케네디

당신들이 바라는 모든 것을 줄 수 있을 만큼 큰 정부는, 당신들의 모든 것을 빼앗아 갈 수도 있는 큰 정부이다.
B · 고울드워터

정의가 정부의 목표(目標)이다.
D · 디포우

정치는 소홀히 하지 말고, 백성 다스리기를 아무렇게나 하지 말라. 정치는 농사와 같다. 이전에 내가 농사를 지을 때 논 갈기를 소홀히 하였더니 결실도 소홀하여 나에게 보복하였고, 김매기를 아무렇게나 했더니 결실도 아무렇게나 되어 나에게 보복하였다. 이듬해에는 반성을 해서 논을 정성을 다해 갈고 김을 잘 매었더니 벼가 무성하게 자라고 결실이 잘 되어, 나는 일년 내내 배부르게 먹을 수 있었다.
장자

지혜가 악인을 짓누르는 것을 제외하고 모든 압박은 죄악이다.
W · 쿠퍼

보수주의(保守主義)는 여전히 야만적 필요성이 만들어 놓는 강압적 체제를 옹호한다. 진보주의(進步主義)는 이상적인 인간의 성품과 더욱 조화된 체제를 실현하기 위해 노력한다.
스펜서

무모한 변혁에도 위험이 따르지만, 맹목적 보수주의(保守主義)에는 더 큰 위험이 있다.
H · 조지

독재자로 변하지 않고, 오랫동안 반역자(反逆者)로 계속 있을 수 있는 사람은 아무도 없다.
L · 더털

우리들은 위대(偉大)한 실현(實現)에 있어서, 국가(國家)가 시민들을 위하여 무엇을 할 수 있는가 하는 것보다, 시민들이 국가를 위하여 무엇을 할 수 있는가에 대해서 더욱 관심을 가지는 그러한 시민정신(市民精神)을 가져야 한다.
W · G · 하딩

정치는 대중이 자지자신만의 이익과 관련되는 일에 참여하지 못하도록 막는 기술이다.

P · 발레리

정치에서보다 환경의 힘이 더 분명한 것은 없다.

디즈레일리

권력자와 그 앞잡이들의 술책은 어느 나라, 어느 시대에서나 똑같다. 언제나 그들 자신의 악폐와 침해를 감추기 위해서 희생물을 만들어 놓고, 공공연히 비난하여 대중의 반감과 혐오를 자극한다.

H · 클레이

항상 국민의 행복을 바라며, 어떻게 하면 국민을 행복하게 할 것인가를 알고 있는 정부가 최상의 정부다.

매콜리

나는 정당(政黨) 없이는 의회정치가 불가능하다고 생각한다.

디즈레일리

정당(政黨)은 자유국가에 언제나 존재해야 한다.

E · 버크

정치가는 기회를 만들지만, 기회는 훌륭한 정치가를 만든다.
G·S·힐라드

우리는 병이 나면, 비범한 의사를 원한다. 건축일을 할 때에는 탁월한 기술자를 원하고, 전쟁이 나면 탁월한 제독과 장군을 원한다. 그런데 유독 정치에 관해서는 평범한 사람으로 만족한다.
H·후버

국가에 최선으로 봉사하는 사람이,
자신의 정당(政黨)에도 최선으로 봉사한다.
R·B·헤이즈

민주주의에서의 정당은, 언제나 타당이 국가를 통치하기에 적합하지 않다는 것을 증명하는데 총력을 기울인다.
멘켄

정부의 임무는 국민에게 행복(幸福)을 주는 것이 아니라, 국민들에게 스스로의 행복을 위하여 일할 기회를 주는 것이다.
J·스토리

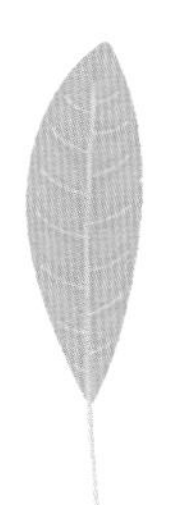

도대체 왜 정부가 설립되었을까? 인간은 강제성이 없으면 이성과 정의의 명령에 따르지 않기 때문이다.
A·해밀턴

좋은 정부보다 더 좋은 정부가 한 가지 있다. 그것은 국민 전체가 역할을 가지는 정부이다.

W · H · 페이지

정의로운 행정(行政)이 정부 존립의 가장 확고한 기둥이다.

워싱턴

정치는 거의 전쟁과 같이 흥분시키며 전쟁만큼 위험하다. 전쟁에서는 한 번 죽을 뿐이지만, 정치에서는 여러 번 죽을 수 있다.

처어칠

정치와 같은 도박은 없다.

디즈레일리

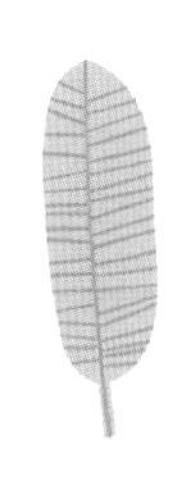

정치(政治)는 어느 정도의 악행을 저지르지 않고서는,
피하기 불가능한 어려움이 있다.
나폴레옹

진실로 자신의 마음이 바르면 정치에 종사하는 것이 무엇이 어려우랴. 그러나 그 마음이 바르지 못하다면 백성을 어떻게 바로 잡을 수 있으랴.
공자

정치평론가들이 '모든 사고(思考)를 하는 사람'이라고 말할 때는 그들 자신을 뜻하는 것이고, 입후보자들이 '모든 지성(知性) 있는 투표자'라고 호소할 때는, 자신에게 투표하려고 하는 모든 사람을 뜻한다.
애덤즈

정당은 조직화된 여론이다.
디즈레일리

법치주의가 확립되고, 국민이 법에 관여하는 국가에서는, 어떤 정부든지 그 정부하(政府下)의 국민들은 자유롭다.
W · 펜

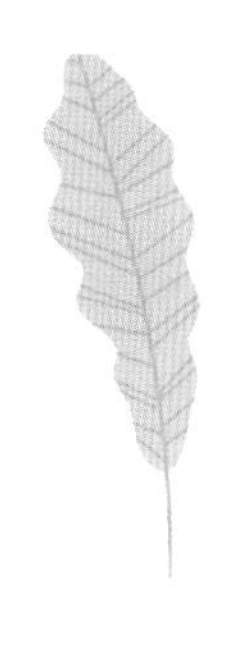

모든 국민이 자기 손에 자기의 권리를 가지고 있으며, 그 권리를 유지하기 위한 평등한 권리를 가지고 있는 모든 국민을 포용 하는 정부보다 더 든든한 기초를 가진 정부는 아마도 없을 것이다.

W · L · 개리슨

정치꾼은 다음 선거를 생각하고, 정치가는 다음 세대를 생각한다.

J · 클라아크

모든 강자(强者)를 두려워할 필요는 없다.
모든 강한 사람에게도 특별한 약점이 있다.

Y · 예프투센코

전 세계의 정치인들에게는 한 가지의 규칙이 있다. 네가 야당일 때 말하는 것을 여당일 때는 말하지 말라는 것이다. 만약 여당일 때 말한다면, 다른 동료들이 불가능함을 말한 것을 너 혼자 해내야만 한다.

J · 골즈워드

국민의 미래는, 국민은 정치보다 정부에 더 관심이 많다는 것을 깨닫는 현명한 정치 지도자에게 달려 있다.

루즈벨트

정치가 유혈(流血)없는 전쟁인 반면에,

전쟁은 유혈(流血)있는 정치이다.

모택동

정치는 인간을 행복하게 만드는 기술이다.

H · A · C · 피셔

정(政)이란 정(正)이다. 당신이 바르게 다스리면,

백성들은 누가 감히 부정(不正)을 저지르랴.

공자

민중에게 어떤 것을 설득시키기는 쉽지만, 설득된 그대로의 상태로 민중을 언제까지나 붙들어 두는 것은 어렵다. 그러므로 민중이 말을 듣지 않게 되거든 힘으로 붙잡아 둘 대책을 강구해야 한다.

마키아벨리

공산주의는 정의(正義)에 대한 부패물이다.

스티븐슨

선동 정치인들은 폭도(暴徒)의 하인들이다.

디오게네스

정치적 변혁은 큰 반항을 극복(克服)한 이후가 아니면 결코 이룩될 수 없다.

스펜서

민주주의를 성취하기 위해서 혁명(革命)을 해서는 안된다.
혁명을 하기 위해서 민주주의가 필요한 것이다.

G·K·체스터튼

대통령의 가장 어려운 과제는, 옳은 것을 행하는 것이 아니라, 먼저 무엇이 옳은 것인가를 아는 것이다.

L·B·존슨

나누어 통치하라는 말은 훌륭한 표어다!
합병하여 지도하라는 말은 더 훌륭한 표어다.

괴테

part 18

권력(權力)에 대하여

Analects of the World

한 나라의 통치자(統治者)들은 국내에서나 국외에서나 거짓말을 할 특권을 가진 유일한 사람들이다. 그들은 국가의 이익을 위해서라면 거짓말을 해도 허용될 수 있다.
플라톤

군주란 두려운 것이 없는 자(者)요,
군주란 바라는 것이 없는 자(者)다.
세네카

훌륭한 왕은 공공(公共)의 노복*(奴僕)이다.
프레드리히

* 노복(奴僕): 남의 집에서 대대로 일을 해 주는 신분의 남자를 이르던 말.

권세가 본디 흉한 것은 아니건만 고관들의 재앙은 이 권세에서 많이 나오며, 보석이 본디 나쁜 것이 아니건만 일반 사람의 재앙은 보석에서 많이 나온다.

이지함

천하는 군주 한 사람의 천하가 아니라, 천하에 살고 있는 만민의 천하이다. 그러므로 천하의 이득을 천하 만민과 함께 나누려는 마음을 가진 군주라야 천하를 얻을 수 있다.
강태공

임금은 긴 손을 가졌다고들 한다.
나는 임금의 귀도 길기를 바란다.
스위프트

미덕은 공화국에서, 명예는 군주국에서 필요한 것처럼 전제국(專制國)에서 필요로 하는 것은 공포다.

몽테스키외

호랑이에게 날개를 달아 주지 말라. 장차 마을로 날아들어 가서 사람들을 잡아먹을 것이다.

초서

그 누구에게도 권력을 맡기기에는 적합하지 않다. 세상을 살아본 사람이면 누구나가 자기가 저지를 수 있는 어리석은 행동과 악한 행동을 안다. 그것을 알지 못하는 사람이면 타인을 다스리기 적합하지 않고, 그것을 아는 사람이면 그 자신이 다른 사람의 운명을 결정하도록 허용되어서는 안된다는 것을 안다.
C · P · 스노우

힘으로 다른 사람을 지배하려고 하는 사람은 폭군이요, 이를 감수하는 사람은 노예이다.
잉거솔

마치 한 가정에서 어떠한 사람이 고기를 사오도록 지명(指命)되는 것과 같이, 왕(王)은 사람들이 자기 자신을 위해서, 평온을 위해서 만들어 놓은 것이다.
J · 셀든

스스로를 다스릴 수 없는 사람은,
타인을 다스리는 데 적합하지 않다.
펜

국민이 권력을 막강하게 느끼는 때는 권력이 만성적 공포와 결합되는 때이다.
E · 호퍼

권력이 법률을 뛰어 넘어서는 안된다.
키케로

독재는 지옥처럼 쉽게 정복되지 않는다. 그러나 독재에 대한 투쟁이 힘들수록 승리(勝利)는 더욱 영광스럽다는 위안이 우리들 마음속에 있다. 반대로 우리들은 너무 쉽게 얻는 것은 너무 가볍게 여긴다. 자유와 같은 천상의 물건이 높게 평가되지 않는다면 참으로 이상한 것이다.
T · 페인

모든 권력과 영화 있는 자들의 사회에 끼어 들면, 끝내는 신사(紳士)들과 사귀지 못하고, 사기꾼들 악한 자들과만 사귀게 되리라.
에머슨

권력을 맡은 사람은 언제나 인기가 없다.
디즈레일리

하나의 칼(권력)은 다른 칼을 칼집 속에 가두어 둔다.
허버트

현명한 군주는 한 번 얼굴을 찌푸리거나 웃는 데도 신경을 쓰고 경솔하게 감정을 밖으로 나타내지 않는다. 희노애락의 감정을 얼굴에 나타내지 않는 것은 영향력을 생각해서이다.
한비자

자기가 권력(힘)으로 지탱된다고 느끼는 미약한 존재만큼 오만한 것은 없다.

나폴레옹

힘과 권력은 이 세상의 모든 것을 지배하며,
힘은 권력이 마련될 때까지 지배한다.

주베르

호랑이나 표범이 사람들을 이기고 여러 짐승들을 잡아먹을 수 있는 것은 그의 발톱과 이빨 때문이다. 만약 호랑이와 표범이 그의 발톱과 이빨을 잃는다면 반드시 사람에게 제압당할 것이다. 지금 권세가 큰 자(者)는 임금의 발톱과 이빨과 같다.

한비자

야수와 같이 행동하는 방법을 잘 알아서 군주는 여우와 사자를 본받아야 한다. 사자는 덫으로부터 자신을 보호하지 못하며, 여우는 늑대로부터 자신을 지킬 수 없다. 군주는 덫을 알아보기 위해서는 여우가 되어야 하며, 늑대를 위협하기 위해서는 사자가 되어야 한다.

마키아벨리

힘은 힘으로 정복된다.

키케로

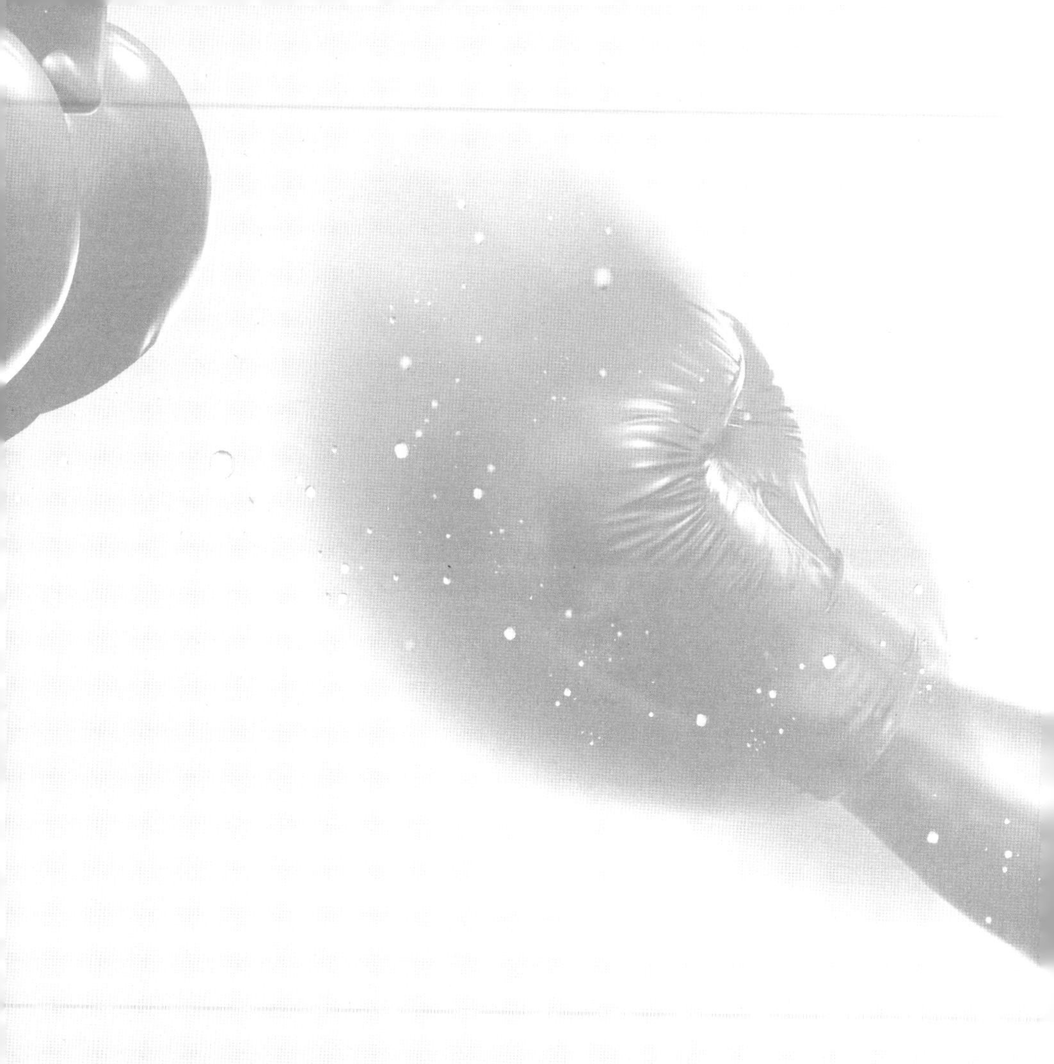

힘이 주인인 곳에서, 정의는 하인이다.

독일 격언

가장 튼튼한 탑은 가장 높은 벽을 가지고 있지 않다.

이것을 잘 생각해 보라!

W · 모리스

재산을 얻기 위해서 덕(德)을 팔지 말고,

권력을 얻기 위해서 자유(自由)를 팔지 말라.

프랭클린

부(富)는 권력이기 때문에, 모든 권력은 어떤 방법으

로든 반드시 부를 자신에게로 끌어당긴다.

E·버크

힘으로 유지되어야 할 필요가 있는 것은 어느 것이나 불운하다.
H·밀러

우리는 언제나 다음 두 가지 규칙을 활용할 수 있도록 마음의 준비가 되어 있어야 한다. 하나는 지배와 입법을 맡은 사람은 인류의 이득을 위해서만 명령을 내릴 것, 다른 하나는 만일 그대 근처의 누가 그대의 미망*(迷妄)을 제거해 주고 그대의 잘못된 견해를 씻어 준다면 아낌없이 의견을 변경할 것, 그러나 이 의견의 변경은 정의나 혹은 공공의 이익과 같은 어떤 확실한 이유에서 행하여야 하며, 그것이 기분 좋게 보인다든가, 또는 명예를 가져온다는 이유에서 변경하면 안된다.
아우렐리우스

지혜없는 권세는 날 없는 무거운 도끼와 같아서 상처를 주기에 적합하다.
A·브레드 스트리트

죄(罪)를 짓고 얻은 권력이, 선(善)한 목적으로 사용된 적은 없었다.
타키투스

* 미망(迷妄): 사리에 어두워 실제로는 없는 것을 있는 것처럼 생각하고, 갈피를 잡지 못한 채 헤맴.

모든 것은 투쟁과 필요라는 방법으로 생긴다.

헤라클리투스

여자는 복종하는 듯이 보이면 보일수록 주도권을 잡을 수 있다는 것을 잘 알고 있다.

미슐레

권력은 과격하고 거만한 사람을 즐겁게 하고, 재물은 조용하고 소심한 사람을 기쁘게 해준다. 따라서 청춘(青春)은 권력에 덤벼들고, 노인은 부(富)에 아첨한다.

사무엘·존슨

정치적 집단은 인간의 육체와 같이, 태어나는 순간부터 죽어가기 시작하며, 그 자체 내에 자멸의 요인을 지니고 있다.

루소

가장 높은 지위에 있는 사람들과 가장 큰 권력을 가진 사람들이 가장 자유(自由)가 없다. 왜냐하면 가장 많이 관찰되기 때문이다.

J·틸러트슨

높은 지위에 있는 사람은 거센 바람이 불어 그들을 뒤흔든다. 일단 여기서 떨어지면 부서져 산산조각이 난다.

셰익스피어

힘은 권력의 척도(尺度)였다.
루카누스

힘과 권력은 이 세상의 모든 것을 지배하며, 힘과 권력을 얻을 때까지 언제나 영광스러운 것이다.
L·아리오스토

권력보다 자유가 더 낫다.
디즈레일리

음모를 고백하는 사람에 대해서는, 다른 위험한 일을 시켜본 후에 비로소 신뢰하더라도 그 인물에 대해서는 전폭적인 믿음을 주어서는 안된다.
마키아벨리

독재자가 지배하는 국가는 거꾸로 세운 원뿔과 같다.
사무엘·존슨

요(堯) 임금과 순(舜) 임금은 인(仁)과 의(義)를 가지고 자신을 성숙시켜 비록 천자가 되었어도 절약하고 검박한 것을 편안하게 여기시어, 지붕을 띠로 이어도 잘라서 다듬지 아니하였고, 거친 서까래를 깎지도 아니하였습니다. 그리고 후궁들도 여러가지 빛깔의 옷을 입게 하지 않았으며, 화려한 맛을 낸 음식을 먹지도 않았습니다. 그리하여 오늘날까지 수천 년이 흘러도 천하가 다 어질다고 말하는 것입니다. 걸(桀) 임금과 주(紂) 임금은 인(仁)과 의(義)로써 자신을 성숙시키지 아니하고 헛된 것으로써 번거롭게 꾸미는 것만을 익히고 배워서, 높은 누각과 깊은 못을 만들었습니다. 후궁들도 무늬가 있는 고운 명주를 밟아 끌며 구슬놀이로 희롱하면서도 마음속으로는 전혀 만족할 줄 몰랐습니다. 그리하여 몸이 죽고 나라가 망하게 되자 천하의 웃음거리가 되었으며, 오늘날까지 수천 년이 지났어도 걸(桀) 임금과 주(紂) 임금에게 천하가 다 모질고 악하다고 말하는 것입니다.

고서

part **19**

가족(家族)과 친척(親戚)에 대하여

Analects of the World

지혜로운 아들은 부모를 기쁘게 하고,

미련한 아들은 부모의 근심이니라.

구약성서

자녀에게 회초리를 들지 않으면,

자녀가 아비에게 회초리를 든다.

T · 플러

형제는 자연이 준 친구이다.

르구베

형제의 고통은 형제의 동정을 필요로한다.

에디슨

인생의 마지막 별이요, 모든 선행의 왕관은

형제우애(兄弟友愛)이다.

E·마검

자녀는 어려서 어머니의 젖(사랑)을 빨지만,

커서는 아버지의 젖(사랑)을 빤다.

J·레이

위대한 사람에게도 가난한 친척이 있다는 것은

참으로 우울한 일이다.

C·디킨즈

형제는 수족(手足)과 같고, 부부(夫婦)는 의복과 같으니 의복이 떨어졌을 때는 다시 새것을 얻을 수 있거니와, 수족이 끊어진 곳에는 잇기가 어렵다.

장자

이해심이 있는 남편은 절대로 화를 내는 일이 없다. 이해심이 있는 남편은 폭풍에 휩쓸린 뱃사람처럼 돛줄을 늦춘다. 그리고 형편을 살피며 잠잠해질 때까지 기다릴 줄 안다.

모로아

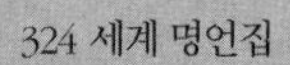

어머니는 아들을 한 사람의 청년으로 만드는데 20년 이상이 걸린다. 그런데 어떤 어머니는 자기의 아들을 단 20분 만에 바보로 만든다.

로버트 프로스트

아버지와 어머니와 아들, 이것은 세계를 결합하는, 영원히 계속되는 아름다운 화음이다.

에른스트 뵈이헤르트

아들, 딸의 성장과 행복을 기뻐하는 어머니의 기쁨만큼 거룩하고 사람을 감동시키는 기쁨은 없다.

장파울

어버이로써 충간*(忠諫)하는 아들을 두면 자기 자신이 불의한 데 빠지지 않으며, 충간하는 벗을 두면 어진 이름이 항상 몸에서 떠나지 않는다.
소학

자녀를 부모 자신의 모형대로 만드는 것은 죄악이다. 부모의 모형(模型)은 반복할 가치가 없기 때문이다. 이것은 부모에게도 자녀에게도 좋지 못한 결과를 가져 온다.
K · 사파르

* 충간(忠諫): 충성스런 마음으로 윗 사람의 잘못을 고치도록 말함.

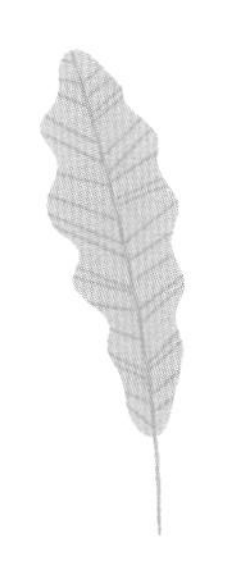

어머니란 어린 자식의 마음에서는 하나님과 같은 이름이다.

대커리

아들은 아내를 맞을 때까지만 자식이다. 하지만 딸은 어머니에게 일평생 자식이다.

T · 플러

장난감과 먹을 것이 많은데도 더럽고 단정하지 못한 어린이는 장난꾸러기가 아니라면 그 부모가 부족한 때문이다.

스티븐슨

자신이 관계하는 사람들 중에서 강력하게 매달리는 친척보다 더 큰 도깨비는 없다.

N · 호돈

군자(君子)는 공경하지 않음이 없으나 몸 공경함을 가장 큰 것으로 삼는다. 몸이란 것은 부모(父母)의 가지이니 어찌 공경하지 아니 하랴. 그 자신의 몸을 공경하지 아니 하면 이는 곧 부모를 상하게 함이며, 부모를 상하게 함은 그 뿌리를 상하게 함이니, 그 뿌리가 상하면 가지도 따라서 망하게 된다.

공자

자기 자식에게 구타당한 부모는 모두 죄가 있다.
이것은 그러한 자식을 만들었기 때문이다.
페기

진실하게 맺어진 부부에게는 젊음의 상실도 불행이 아니다.
함께 늙어가는 즐거움이 나이 먹는 괴로움을 잊게 해준다.
모로아

아내는 끊임없이 남편을 섬기는 것으로써 남편을 지배한다.

T·플러

어버이의 자식에 대한 애정이야말로, 이해를 떠난 완벽하고 유일한 정서다.

모옴

종종 인간의 사랑은, 두 사람의 연약성이 만나는 것에 불과하다.
F · 모리악

부부의 참사랑은 존경에 입각한다.
G · 빌리어

멀리 있는 물은 가까이 있는 불을 끄지 못하고,
멀리 있는 친척은 가까운 이웃만 못하다.
명심보감

자녀에게 충고하는 가장 좋은 방법은 자녀들이 원하는 것을 찾아내고, 그들에게 그것을 하라고 충고하는 것임을 나는 알았다.
트루먼

세상에서 얻기 어려운 것은 형제(兄弟)요, 구하기 쉬운 것은 재물(財物)이다. 설사 재물을 얻을지라도 형제의 마음을 잃는다면 무슨 소용이 있으리오.
소경

아무리 몸과 마음이 멀리 떨어진다 해도, 핏줄은 끊지 못하는 것이다. 형제는 영원토록 형제이다.
J · 키블

부모의 나이는 반드시 기억하고 있어야 한다. 한편으로는 오래 사신 것을 기뻐하고, 또 한편으로는 나이 많은 것을 걱정해야 한다.
공자

이상적(理想的)인 결혼(結婚)처럼 이상적인 어머니라는 것은 소설(小說)에서나 볼 수 있다.
M · R · 새퍼스틴

부인은 감정에 좌우되기 쉽다. 그러나 어머니가 되면 아이들에게 차별적인 감정의 차이를 두어서는 안된다.
브랭키

우리들(부모)은 언제나 자녀들을 위해서 무엇인가를 하고 있다고 말한다. 그러나 나는 자녀들이 우리들(부모)을 위하여 무엇인가를 해주는 것을 보고 싶다.
에디슨

두 딸과 하나의 뒷문은 세 명의 도둑이다.
J · 레이

아내의 인내만큼 아내의 명예가 되는 것은 없고,
남편의 인내만큼 아내의 명예가 되지 않는 것도 없다.
서양 격언

청춘(靑春)은 늙어 가고, 사랑은 시들며, 우정(友情)의 잎사귀는 떨어지지만, 어머니의 깊은 사랑은 그 어떠한 것보다 오래 간다.
홈즈

부모만큼 가장 자연스럽고, 가장 적합한 교육자는 없다.
허버트

신(神)은 도처에 가 있을 수 없으므로 어머니를 만들어 냈다.
유대 격언

어디서든 자신이 지낼 수 있는 곳이,

자신의 조국(祖國)이다.

파쿠비우스

국가를 구하는 사람은 법을 어기지 않는다.

나폴레옹

아무리 고생스럽거나, 어디를 방황(彷徨)할지라도,

우리의 필요한 희망(希望)은 평온을 찾아 가정으로 되돌아 온다.

고울드 스미스

모든 가족에게는 비밀이 있는 법이다.

파쿼

자기 어머니의 더할 나위 없는 귀염둥이였던 사람은

정복자(征服者)의 기분을 일생동안 가지고 있으며, 그

성공에 대한 자신감은 틀림없이 성공으로 유도한다.

프로이드

신에게는 영광을! 부모에게는 존경을!

솔론

좋은 아내는 남편이 숨기고 싶은 사소한 일은 언제나 모르는 척한다. 이것이 결혼 생활의 기본 예의이다.
모옴

아내의 덕행은 친절하게 얘기하라.
그러나 아내의 잘못에 대해서는 못본 체하라.
브라이언트

부모에게 순종하지 않는 딸은 다룰 수 없는 아내임이 밝혀질 것이다.
B · 프랭클린

자녀(子女)는 고통일 뿐 그 이상 아무 것도 아니다.
톨스토이

자녀는 끊임없이 근심을 가져온다.
에라스무스

당신은 영웅을 기르는 것이 아니라,
자식을 기르는 것이다.
쉴러

어머니의 마음은 자식의 공부방이다.
H·W·비처

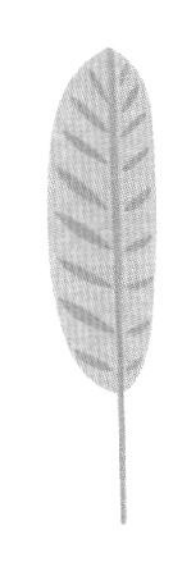

가족은 어디에서 비롯되는가. 젊은 남자가 젊은 여자와 연애에 빠지는 것으로부터 시작된다. 이 이상 훌륭한 길은 아직 발견되지 않았다.
처어칠

자기 아들이 자기보다 더 나무랄데 없기를 바란다면, 부모 자신도 나무랄 데 없어야 한다.
플라우투스

누구나 자녀가 있기를 바라듯이, 자녀 또한 부모가 있기를 바란다.
테렌티우스

자녀는 가난한 사람의 재산이다.
T · 플러

딸과 생선은 간직해 두어서는 안되는 상품이다.
T · 플러

딸을 잘 기르려고 하는 여성은, 먼저 어머니의 성정을 가져야 한다.
J · 레이

부모를 사랑하는 사람은 남에게 미움을 받지 아니하며,
부모를 공경하는 사람은 남에게 거만하다는 소리를 듣지 않는다.
소학

언제나 바르게 하라! 특히 아이들에 대해서 바르게 하라! 아이들과 약속한 것은 반드시 지켜라! 그렇지 않으면 당신은 아이들에게 허위를 가르치는 것이다.
탈무드

피는 물보다 진하다. 사람이 고통을 당할 때는 친척의 열려진 품을 찾아내는 것이 가장 좋다.
에우리피데스

형제를 사랑하여 우애하고 존경하기를 서로 먼저 하라.
신약성서

가까운 사람들과 친하지 않으면서 멀리 있는 사람들과 가까이 하려 애써서는 안된다. 친척들이 따르지 않는다면, 남들과 사귀려고 애써서도 안된다. 따라서 옛 임금들은 천하를 다스림에 있어서 반드시 가까운 것을 잘 살핀 다음에 먼 것을 가까이 하였던 것이다.
묵자

아버지들의 근본적 결함은, 자녀(子女)들이 자기들의 자랑거리가 되기를 바라는 것이다.
러셀

그 아버지에 그 아들, 모든 좋은 나무는 좋은 열매를 맺는다.
W · 랭런드

사람들은 자기 딸들을 가구의 장식처럼 길러 놓고는, 그들의 언행(言行)이 경솔하다고 불평한다.
러스킨

어머니와 자식의 관계는 역설적(逆說的)이며 어떤 의미에서는 비극적이다. 그것은 어머니에게 대단히 강한 사랑을 가질 것을 요구한다. 그러나 바로 이 사랑은 자녀(子女)가 성장하면서, 자녀가 어머니에게서 멀어지고 나중에는 완전한 독립생활을 하도록 도움을 주어야만 한다.

E · 프롬

가족(家族)이란 얼마나 중요하든지 간에, 인간의 기능과 활동의 일면을 나타낼 뿐이다. 우리가 가족 관계뿐만 아니라 사회 관계도 고려할 때에, 인생은 아름답고 이상적이 된다.

H · 엘리스

어머님께서는 나에게 경건함과 자애로움의 모범을 보여주셨다. 어머님께서는 무자비한 행동은 말할 것도 없고, 그러한 생각조차 품지 않으셨다. 또한, 어머님께서는 부자들의 생활 습관과는 거리가 먼 검소한 생활 태도를 나에게 보여주셨다.

아우렐리우스

part 20

순결(純潔)과 성(性)에 대하여

Analects of the World

키스하는 것은 사랑의 열쇠요, 구타하는 것은 사랑의 자물쇠이다.

R · 번즈

성(性)관계는 전쟁의 원인이 되기도 하고, 평화의 목적이 되기도 하며, 성실의 기초가 되기도 하고, 멋쟁이의 목표이기도 하며, 해학(諧謔)의 무한한 원천이기도 하고, 풍자의 열쇠도 되며, 모든 비밀스런 눈짓의 의미도 지닌다.

쇼펜하우어

성(性)은 거짓된 수치를 태워버리고, 우리 몸의 가장 무거운 광물(미완성)을 순수하게 제련하기 위해서 필요하다. 성(性)은 영원히 필요하다.

D · H · 로렌스

입 맞추는 소리는 대포 소리만큼 요란하지는 않지만, 그 메아리는 훨씬 더 오래 지속된다.

홈즈

연애에 의하건, 결혼에 의하건, 남녀의 결합은 신의 눈으로 볼 때는, 아이를 낳는다는 동일한 코오스이다.

쇼펜하우어

육체적인 욕구 불만은 연애나 부부애를 식히기는 커녕 오히려 욕구를 더 강하게 한다. 그리하여 남녀사이를 더욱 가깝게 만든다.
파카토

육욕에 끌리는 사람은 함정에 빠진 토끼처럼 몸부림친다.
육욕의 수렁에 빠진 사람은 오래도록 끊임없이 고뇌에 빠진다.
불타

순결을 지켜서 언제나 남편 곁을 떠나지 않는 여자는 하루 밤만이 아니라 매일 밤 그의 새색시이다. 여전히 사랑과 두려움으로 잠자리에 살며시 들어가, 하나의 처녀성이 아니라 많은 처녀성을 그에게 바친다.

해리크

남자의 성욕은 자연히 눈뜨고,

여자의 성욕은 깨울 때까지 잠자고 있다.

슐츠

성(性)욕이 없는 동물은 없지만,

이것을 순화하는 것은 인간 뿐이다.

괴테

애무는 단순히 '만지는 것'이 아니다. 애무는 가공이다. 나는 애무를 할 때 내 손가락 아래서 나의 애무가 다른 사람의 육체를 살아나게 한다. 애무는 타인을 수욕(정신이 육체로 들어오는 것)시키는 의식의 총체이다.

사르트르

성생활의 개시에 보여지는 이상성(理想性)에의 결과는 인간 이외에는 알려지지 않았으며, 인류의 발생을 고찰하는 데에 중요한 것이다.

프로이드

나는 마땅히 그렇게 해야 한다고 해서 스스로 제공해 주는 여인을 싫어하며, 정사할 때 바느질 생각을 하는, 그런 냉정하고 메마른 여인을 또한 싫어한다.

오비디우스

정신적 정열은 육욕을 추방한다.

다 빈치

남녀가 서로 사랑하여 육욕에 이르게 되는 것은 자연스러운 일이다. 육교(肉交)없는 사랑은 사실이 아니라 공상이다.

쿠니키다 돗보

나는 이 세상에 완전하고 멋진 새로운 세계가 나타나기를 기다리고 있다. 그 세계에서는 인간과 동물이 사이좋게 지내고, 모든 것을 아름답게 하는 사랑이 충만하고, 성교하는 것은 찬미의 노래이며, 인간의 손은 할퀴거나 몽둥이를 휘두르는 대신에 애무하는 데에만 쓰여지리라.

헨리 밀러

인간의 성본능(性本能)은 정신적인 사랑에 의해 통제되어 승화되든가, 또는 인간의 죄로서 남용되든가의 선택을 필연적으로 강요한다.

테이봉

사랑하는 것이야말로 그대에게는 좋다. 하지만 정욕은 그렇지 않다. 정욕에는 진정한 사랑이 없다. 진정한 사랑은 사려(思慮)를 맑게 하고, 마음을 풍부하게 한다. 사랑은 이성에 기반하고 현명하다.

단테

여자의 육체를 사랑해 보았는가 ?
남자의 육체를 사랑해 보았는가 ?
이것은 이 세상 어느 나라, 어느 시대, 어느 누구에게나 아주 똑같은 것이라는 것을 모르는가 ?

휘트먼

울고 있는 처녀에게서 훔친 키스가 가장 달콤하다.
쿨라우디아누스

남편이 그러면 아내도 그렇다.
A · 테니슨

성욕의 순수한 발동은, 이 세상 아름다움의 극치이며, 인생 즐거움의 극치이다.
타카야마 초규우

성(性)의 억압을 제거한다면, 오늘날 여성에게만 적용되는 특별한 여성 심리학 따위는 존재하지 않을 것이다.
에리스

가벼운 애무는 다른 애무를 유도한다. 가벼운 애무를 거부하지 않는 여자는 그러한 애무를 더 해 달라고 하는 것과 같다.
리카르

순결과 미(美), 이것들은 서로 무서운 적인데도 불구하고 여자의 머리 속에서는 다정한 벗처럼 산다.
S · 대내얼

순결하고 정절 바른 여성에게는 매력을 느끼지 못하고, 성실이나 신의가 의심스러우며 성생활에 이러쿵 저러쿵 소문난 여성 이외에는 애정을 느끼지 않는 남성이 있다. 이것은 창부애(娼婦愛)라고 해야 할 것이다.

프로이드

순결은 금욕(禁慾)이거나 절제(節制)이다. 금욕은 처녀와 미망인의 것이고, 절제는 기혼자의 것이다.

J · 테일러

시인들이 찬양하는 연애도 결국은 보잘 것 없는 성욕에 지나지 않는다. 육체적 충동이 그치면 욕망은 변하여 혐오스러워진다. 남자나 여자가 가장 부끄러워 할 내분비계에서 생겨나는 감각을 신비한 것처럼 찬양하는 것은 도대체 어떠한 환영에 사로잡혀 있기 때문일까?

프뢰벨

성(性)에 관해서 남성은 선생인 체 가르치지만, 여성은 선생이상으로 알고 있다. 왜냐하면 여성의 성욕은 혈관 내에서 생긴 하나의 규율이기 때문이다.

몽테뉴

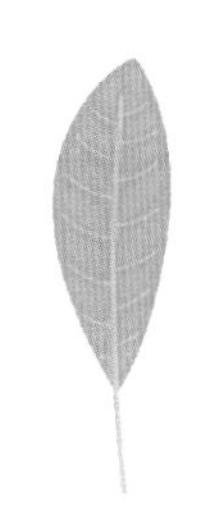

욕정은 두 피부의 우연한 접촉에서 생기고, 털어놓고 하는 이야기는 두 감수성의 우연한 접촉에서 생긴다. 전자가 연애를 만들어 내는 데 충분치 못한 것과 마찬가지로, 후자도 친밀을 만들어 내는 데 충분한 것은 아니다.
모로아

남성은 모두 정욕의 노예이다.
뮈세

여성은 성적(性的)일 뿐이고, 남성은 때때로 성적이기도 하다.
바이닝거

육욕에 가장 깊은 쾌락이 있고, 사랑에 최고의 승화가 있다. 여자가 육체를 원하고 사랑을 원치 않음은 타락해서 승화를 바라지 않음을 의미한다.
와이닝거

부인의 성생활은 항상 두 시기로 나뉘어 있다. 제1기에는 남성적인 성격을 띠고, 제2기에는 여성 특유의 것이 된다.
프로이드

성교의 즐거움과 종족 번식의 행위가, 덕망있는 사람에게만 허락된다면 세상이 무척 좋아질 것이다.
J · 보즈웰

만약 성욕이라는 것이 맹목적이고 조심성이 없고 경솔하여 사려가 없는 성질을 갖지 않았더라면 인류는 사멸하고 말았을 것이다. 본디 성욕의 만족은 종족의 번식과는 전혀 결부되어 있지 않다. 성교 시에 번식의 의도가 수반된다는 것은 터무니없는 말이고 극히 드문 일이다.
니이체

남자와 여자를 함께 두면 그들이 오직 해야 할 몇 가지 일이 있다. 그들은 포옹한다. 서로 달아오른다. 그리고 그 다음은 죽음과 공허이다.
U · 벳티

처녀의 무지는 가끔 간통의 준비 교실이 되는 경우가 있다.
르쁘랑

성(性)의 첫경험은 여성에게 있어서 결코 잊을 수 없는 하나의 충격이며 변화이다. 그러나 남성에게 있어서 첫경험은 하나의 변화이긴 하지만 충격적이진 않다.
브라이언트

사랑의 첫경험은 종종 여성의 운명을 바꾸어 놓는다.
버나드 · 쇼

성적(性的)인 경험이 없이 성숙하기를 바라는 것은, 꽃이 피지 않고 열매가 열리기를 기대하는 것과 같다.
와일드

순결한 두 영혼과 육체가 만나 함께 결합하는
섹스일수록 한결 더 격렬하고 감미롭다.
드라이든

남성은 때때로 여성을 위하여 외도(外道)를 한다.
그러나 여성은 항상 그 자신을 위하여 외도(外道)를 한다.
버나드 · 쇼

정신적인 사랑 없이 결합되는 모든 육체의
섹스는 한갓 불장난일 뿐이다.
모옴

part **21**

음식(飮食)과 옷(衣)에 대하여

Analects of the World

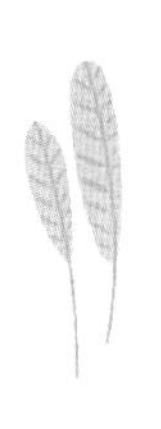

양념은 오랜 친구와 같다. 고도로 생각해 줘야 하는데, 흔히 당연한 것으로 여겨지고 있다.

M · 케이터

음식에 가장 좋은 양념은 공복(空腹)이고,
마실 것에 가장 좋은 향료는 갈증이다.

소크라테스

요리도 기술이 되고 고상한 학문이 되었다.
요리사는 신사*(紳士)이다.

R · 버튼

* 신사(紳士): 품행과 예의가 바르며 점잖고 교양이 있는 남자.

불안한 식사는 소화가 안된다.
셰익스피어

커피는 악마와 같이 검고, 지옥과 같이 뜨겁고, 천사와 같이 순수하고, 사랑과 같이 달콤하게 만들라.
탈레랑 페리고르

먹는 것은 자기 자신을 즐겁게 하기 위한 것이요, 입는 것은 남을 즐겁게 하기 위한 것이다.
프랭클린

우리는 살기 위해 먹고, 먹기 위해 살아야 한다.

H · 필딩

당신의 입에 떨어진 이 생명의 빵이 외친다. 먹어라, 나를 먹어라. 인간이여, 그러면 너는 결코 죽지 않으리라.

E · 데일러

나를 살게 하는 것은 충분한 음식이지,

결코 훌륭한 말이 아니다.

몰리에르

음식에 대한 사랑보다 더 숨김없는 사랑은 없다.
버나드 쇼

음식을 먹고 마시는 것은 건강한 사람에게 크나큰 즐거움이다. 먹는 것을 즐기지 못하는 사람은 어떤 종류의 향락이나 유용함도 받아들일 수 없는 사람이다.
엘리어트

인간이 식사하는 것보다 더 진지하게 생각하는 것은 좀처럼 없다.
사무엘 존슨

운동을 한 다음에 검소하게 식사하면 소화도 잘 되고, 몸도 가볍고,
기분도 상쾌하고, 모든 생리적 기능이 잘 이루어진다.
프랭클린

새로운 요리는 새로운 식욕을 낳는다.
T · 플러

자기의 모든 수입을 몸에 걸치고 다니는 것은
얼마나 미친 짓인가?
오비디우스

안심하면서 먹는 한 조각의 빵이,
근심하면서 먹는 잔치상보다 낫다.
아이소푸스

어리석은 사람들은 먹고 마시기 위해서 살지만,

현명한 사람들은 살기 위해서 먹고 마신다.

소크라테스

좋은 기분은 사교에 입고 나갈 수 있는

최상의 드레스라고 말할 수 있다.

대커리

시장기보다 더 정확한 시계는 없다.

F·라블레

나의 위장이 나에게 시계 구실을 해준다.

스위프트

식사를 즐겁게 하게 하는 것은 고기가 아니라 입맛이다.

J·서클링 경

의복에만 눈이 쏠리는 것은,

마음과 인격(人格)이 잠든 탓이다.

에머슨

배가 부르면 머리가 둔해진다.

프랭클린

모든 인간의 역사는, 이브가 사과를 따먹은 이래, 배고픈 인간의 행복은 다분히 식사에 의해 좌우된다는 것을 증명한다.

바이런

훌륭한 의복은 존경을 획득할 다른 방법의 부족(不足)을 메워 주기 때문에 좋은 것이다.

사무엘 존슨

완전하게 잘 입은 사람의 의복은 무력(無力)한 마음에 평온을 가져다 준다.

에머슨

의복에 초연하면 유행에 초연하고, 유행에 초연하면 용모에 초연하다.

B · 존슨

지각 있는 사람은 자기 복장에서 독특한 특성도 조심스레 삼가한다.

체스터필드

옷을 잘 입어야 할 또 하나의 이유가 있다. 즉 개들도 옷 잘 입는 것을 존경하여 좋은 옷을 입은 사람은 공격하려 하지 않기 때문이다.

에머슨

홀륭한 의복은 모든 문(門)을 연다.
T · 플러

도의적(道義的) 나체주의 세계에서 옷을 입는 것은 네가 얌전하다는 것을 의미하지 않는다. 그것은 네가 감추어야 할 무엇인가를 가지고 있다는 것을 암시한다.
L · 크로넌버거

누구의 시선도 끌지 않는 옷을 입은 신사가 가장 옷을 잘 입은 신사라고 생각한다.
A · 트롤러프

순수하게 옷을 입은 여자가 가장 아름답고 가장 잘 꾸민 여자이다.
J · 몬거머리

우리는 화려한 의복에 현혹된다. 그러나 이것은 몸 전체가 보석과 금으로 감추어진 것과 같아서 본래의 자기 자신은 없어진다.
오비디우스

인간의 행동은 그의 옷과 같아야 한다. 즉 너무 꼭 끼거나 불편한 옷이 되지 말아야 하며, 운동이나 움직임에 자유스러운 옷이 되어야 한다.

베이컨

차림새가 아름답되 값비싸지 않게 하라.

J·릴리

너와 연령도 같고, 있는 곳도 같은 분별 있는 사람들처럼 옷을 입도록 항상 주의하라.

체스터필드